AU TEMPS DU
FLEUVE AMOUR

ANDREÏ MAKINE

AU TEMPS DU FLEUVE AMOUR

roman

ÉDITIONS DU SEUIL
25, bd Romain-Rolland, Paris XIVᵉ

© Éditions du Félin, 1994, pour l'édition originale
ISBN original : 2-86645-160-0

ISBN 978-2-02-134687-9

© Éditions du Seuil, mai 2017,
à l'exception de la langue russe

www.seuil.com

Pour D. A.

PREMIÈRE PARTIE

1

Son corps, ce cristal amolli et brûlant sur la canne d'un souffleur de verre…

Tu m'entends bien, Outkine? Celle que j'évoque dans notre conversation nocturne par-delà l'Atlantique va s'épanouir sous ta plume fiévreuse. Son corps, ce verre à l'éclat chaud du rubis, deviendra mat. Ses seins se raffermiront en se colorant d'une roseur lactée. Ses hanches porteront un essaim de grains de beauté – traces de tes doigts impatients…

Parle d'elle, Outkine!

La mer toute proche se devine dans la luminosité du plafond. Il fait encore trop chaud pour descendre à la plage. Tout somnole dans cette grande maison

11

perdue au milieu de la verdure – un chapeau de paille aux larges bords qui luit sous le soleil, sur la terrasse, dans le jardin, des cerisiers tordus, aux branches immobiles, aux troncs dégoulinant de résine fondante. Et puis ce journal vieux de quelques semaines qui transcrit dans ses échos la fin de notre lointain Empire. Et la mer, incrustation de turquoise entre les branches des cerisiers… Je suis allongé dans cette pièce qui semble chavirer à travers la large baie vitrée dans l'étendue marine étincelante. Tout est blanc, tout est soleil. Sauf la grande tache noire du piano, exilé des soirées pluvieuses. Dans un fauteuil : *elle*. Encore un peu distante – nous ne nous connaissons que depuis deux semaines. Quelques brassées d'écume, quelques promenades du soir dans l'ombre épicée des cyprès. Quelques baisers. C'est une princesse de sang, tu imagines, Outkine ! Même si elle s'en moque royalement. Je suis son ours, son barbare venu du pays des neiges éternelles. Un ogre ! Ça l'amuse…

En ce moment, cela l'ennuie de rester dans cette longue attente de l'après-midi. Elle se lève, s'approche du piano, ouvre le couvercle. Les notes lentes s'éveillent comme à contrecœur, palpitent, tels des papillons aux ailes alourdies de pollen, s'enlisent dans le silence ensoleillé de la demeure vide…

Je me dresse à mon tour. Avec une agilité de fauve. Je suis nu. Me sent-elle approcher ? Elle ne se retourne même pas quand j'enlace ses hanches. Elle continue à noyer dans l'air liquéfié par la chaleur les notes longues, paresseuses.

Elle s'interrompt juste pour un cri quand soudain elle me sent en elle. Et recherchant l'équilibre, prise d'une panique heureuse, elle s'appuie sur le clavier sans plus regarder les touches. Des deux mains. Doigts en éventail. Un major tonitruant, ivre, jaillit. Et ces accords sauvages coïncident avec ses premiers gémissements. La transperçant, je la pousse, je la soulève, je lui ôte son poids. Son seul point d'appui : ses mains qui se déplacent de nouveau sur le clavier... Un accord plus bruyant et plus insistant encore. Elle est toute galbée maintenant, la tête rejetée en arrière, le bas du corps abandonné à moi. Oui, frémissante, ondoyante comme une masse brûlante sur la canne d'un souffleur de verre. Les gouttelettes de sueur rendent transparent cet ovale de chair ondulant sous mes doigts...

Et les accords se succèdent, de plus en plus saccadés, haletants. Et ses cris se répondent dans une assourdissante symphonie de plaisir : soleil, clameur des cordes, éclats sonores de sa voix – entre sanglots bienheureux et appels indignés. Et quand elle me sent détoner en elle, la symphonie se brise en un jet de notes aiguës et fébriles fusant sous ses doigts. Ses mains tambourinent en s'accrochant aux touches glissantes. Comme si elles s'agrippaient à l'invisible bord du plaisir qui se dérobe déjà à la chair...

Et dans ce silence encore bourdonnant de mille échos, je vois son corps transparent s'emplir lentement de la matité hâlée du repos...

Outkine appelle cela la « matière brute ». Un jour, il a téléphoné de New York et, d'une voix un peu confuse, m'a demandé de lui raconter, dans une lettre, une de mes aventures. « Ne fignole pas, m'a-t-il prévenu. De toute façon, tu sais, je vais tout remanier... Ce qui m'intéresse c'est la matière brute... »

Outkine a toujours rêvé d'écrire. Déjà au temps de notre jeunesse enfouie au fin fond de la Sibérie orientale. Mais la matière lui manque. Avec sa jambe estropiée et son épaule qui se dresse en angle aigu, il n'a jamais eu de chance en amour. Ce paradoxe tragique l'a torturé depuis son enfance : pourquoi l'un de nous avait-il été propulsé sous des blocs de glace, dans la débâcle effrénée d'un grand fleuve qui avait broyé son corps, le rejetant irrémédiablement mutilé ? Tandis que l'autre, moi... Oui, je murmurais le nom de ce fleuve – Amour – en plongeant dans sa sonorité fraîche comme dans un corps féminin rêvé, conçu d'une même matière souple, douce et brumeuse.

Tout cela est bien loin. Outkine écrit et demande de ne pas fignoler. Je le comprends, il veut être le seul maître d'œuvre. Il veut déjouer la fatalité stupide. Les incrustations de la turquoise marine dans les branches des cerisiers, c'est lui qui les rajoutera à mon récit. Moi, je n'affine pas. Je lui livre ma masse de verre brûlante telle quelle. Sans la tailler avec la pointe de mon ciseau, ni la gonfler par mon souffle. Telle quelle : une jeune femme au dos bronzé, une femme qui crie, qui sanglote de plaisir, et qui abat les grappes de ses doigts sur les touches du piano…

2

La beauté était la moindre des préoccupations dans le pays où nous sommes nés, Outkine, moi et les autres. On pouvait y passer toute sa vie sans avoir compris si l'on était laid ou beau, sans chercher le secret de la mosaïque du visage humain, ni le mystère de la topographie sensuelle de son corps.

L'amour aussi s'enracinait mal dans cette contrée austère. Aimer pour aimer a été, je crois, tout simplement oublié – atrophié dans la saignée de la guerre, étranglé par les barbelés du camp tout proche, glacé par le souffle arctique. Et si l'amour subsistait, c'était sous une seule forme, celle de l'amour-péché. Toujours plus ou moins imaginaire, il éclairait la routine des rudes journées hivernales. Les femmes emmitouflées dans plusieurs châles s'arrêtaient au milieu du village et se transmettaient la nouvelle excitante. Elles croyaient chuchoter, mais à cause des châles elles étaient obligées de crier. Nos jeunes oreilles captaient le secret divulgué. Il paraissait cette fois que la directrice de l'école avait été vue dans la cabine d'un camion-frigo… Oui, tu sais, ces larges cabines, avec une petite couchette au fond. Et le camion était garé tout près du Tournant du Diable, oui, là où chaque année au moins une voiture se renverse. Il était impossible d'imaginer la directrice, une femme sèche, d'un âge improbable et portant toute une carapace de vêtements molletonnés, batifoler dans les bras d'un camionneur sentant la résine de cèdre, le tabac et l'essence. Et surtout dans ce Tournant du Diable. Mais cet accouplement fantasmatique dans une cabine aux vitres givrées remplissait l'air glacé du village de petites bulles pétillantes. L'indignation enjouée réchauffait les cœurs transis. Et on en voulait presque à la directrice de ne pas se hisser dans tous les camions tirant d'énormes grumes de pin à travers la taïga… Le remous provoqué par ce dernier potin se calmait vite, comme figé sous le vent glacial des nuits sans fin. La directrice redevenait à nos yeux telle que tout le monde la connaissait : femme irrémédiablement seule et stoïquement malheureuse. Et les camions s'élançaient en rugissant comme d'habitude avec l'unique obsession de transporter les mètres cubes prévus par le Plan. La taïga se refermait sur l'éclat de leurs phares. La vapeur blanche de voix féminines fondait dans le vent cinglant. Et le village, dégrisé de son illusion amoureuse, se recroquevillait en s'installant dans l'éternité appelée « hiver ».

Dès sa naissance, le village n'était pas conçu pour abriter l'amour. Les cosaques du tsar qui l'ont fondé, il y a trois siècles de cela, n'y pensaient même pas. Ils étaient une poignée d'hommes écrasés par la fatigue de leur folle équipée au fond de la taïga infinie. Les regards hautains des loups les poursuivaient même dans leurs songes tumultueux. Le froid était tout autre qu'en Russie. Il semblait ne pas connaître de limites. Les barbes, recouvertes de givre épais, se dressaient comme des lames de hache. Dès qu'on fermait les yeux un instant, les cils ne se décollaient plus. Les cosaques juraient de dépit et de désespoir. Et leurs crachats tintaient en retombant en petits glaçons sur la surface noire d'une rivière immobile.

Bien sûr, il leur arrivait d'aimer, à eux aussi. Ces femmes aux yeux bridés, aux visages impassibles et comme ombrés d'un sourire mystérieux, les cosaques les aimaient dans l'obscurité enfumée d'une yourte, près de la braise rougeoyante, sur les peaux d'ours. Mais trop étranges étaient les corps de ces amantes silencieuses. Enduits avec de la graisse de renne, ces corps échappaient à l'étreinte. Il fallait, pour les retenir, enrouler autour de son poignet les longues tresses luisantes, noires et rêches comme la crinière d'un cheval. Leurs seins étaient plats et ronds comme les coupoles des plus anciennes églises de Kiev, et leurs hanches fermes et rebelles. Mais, domptés par la main retenant la crinière, ces corps ne s'esquivaient plus. Les yeux brillaient comme des tranchants de sabres, les lèvres s'arrondissaient, prêtes à mordre. Et l'odeur de leur peau tannée par le feu et le froid devenait de plus en plus âpre, enivrait. Et cette ivresse ne passait pas… Le cosaque enroulait de nouveau les tresses autour de son poignet. Et dans les yeux étroits de la femme s'allumait une étincelle de malice. N'a-t-il pas bu une coupe de cette infusion visqueuse et brunâtre – le sang de la Kharg-racine qui vous déverse dans les veines la puissance de tous vos ancêtres ?

Rompant l'enchantement, le cosaque rejoignait ses compagnons, et, durant plusieurs jours encore, il ne remarquait pas la morsure du froid. La Kharg-racine chantait dans ses veines.

Leur but était toujours cet Extrême-Orient improbable, avec la promesse exaltante du bout de la terre : ce grand néant brumeux, cher à leurs âmes détestant les contraintes, les limites, les frontières. À l'ouest, l'Europe avait marqué des bornes infranchissables en rejetant pour toujours la Moscovie barbare. Ils s'étaient donc rués vers l'est. En espérant rejoindre l'Occident par l'autre bout ? Ruse d'un admirateur négligé ? Astuce d'un amoureux banni ?

Mais, avant tout, ils étaient les aventuriers de ce néant brumeux. S'arrêter au bout de la terre, dans le crépuscule tiède du printemps, et laisser son regard s'envoler de ce bord ultime vers la pâleur timide des premières étoiles...

Après plusieurs mois, ils s'arrêtaient enfin, bien moins nombreux qu'au départ, sur cette extrémité de leur Eurasie natale. Là où la terre, le ciel et l'océan ne font qu'un... Et dans une yourte enfumée, au fond de la taïga encore hivernale, une femme au corps-serpent horriblement déformé se débattait en expulsant sur une peau d'ours un enfant extraordinairement grand. Il avait les yeux bridés comme sa mère, les pommettes saillantes comme tous ses congénères. Mais ses cheveux mouillés étincelaient. Éclat d'un or sombre.

Les gens se serraient autour de la jeune mère en contemplant silencieusement ce nouveau Sibérien.

Nous, de ce passé mythique, nous n'avions hérité qu'une lointaine légende. Un écho assourdi par la rumeur confuse des siècles. Dans notre imagination, les cosaques n'en finissaient pas de se frayer le passage au travers de la taïga vierge. Et une jeune fille yakoute, vêtue d'une courte pelisse de zibeline, fouillait toujours dans l'enchevêtrement des tiges et des branches en recherchant la fameuse Kharg-racine... N'est-ce pas un hasard si fut irrésistible le pouvoir des rêves, des chants et des légendes sur nos cœurs barbares? Notre vie elle-même devenait un rêve!

Cependant, de cette mémoire des siècles il ne restait de nos jours qu'un amoncellement de bois vermoulu sur les blocs de granit couverts de lichen. Ruines de l'église construite par les descendants des cosaques et dynamitée pendant la Révolution. Ou encore, enfoncés dans les troncs d'énormes cèdres, des clous rouillés, gros comme un doigt d'homme. Les vieux du village n'en gardaient eux-mêmes qu'un souvenir bien vague : tantôt c'étaient les Blancs qui avaient atrocement exécuté quelques partisans en les faisant pendre à ces clous, tantôt c'étaient les Rouges qui avaient accompli la justice révolutionnaire... Les clous avec des bouts de corde putréfiés se sont hissés, depuis de longues années, à la hauteur de deux tailles humaines, suivant la vie lente et majestueuse des cèdres. Dans notre regard émerveillé, les Rouges et les Blancs qui s'adonnaient à cette pendaison cruelle avaient l'allure de géants…

Le village n'a rien su préserver de son passé. Dès le début du siècle, l'histoire, tel un redoutable balancier, s'est mis à balayer l'Empire par son va-et-vient titanesque. Les hommes partaient, les femmes s'habillaient de noir. Le balancier mesurait le temps : la guerre contre le Japon ; la guerre contre l'Allemagne ; la Révolution ; la guerre civile… Et, de nouveau, mais dans l'ordre inversé : la guerre contre les Allemands ; la guerre contre les Japonais. Et les hommes partaient, tantôt traversant les douze mille kilomètres de l'Empire pour remplir les tranchées à l'Ouest, tantôt pour se perdre dans le néant brumeux de l'océan à l'Est. Le balancier s'envolait vers l'ouest : les Blancs rejetaient les Rouges derrière l'Oural, derrière la Volga. Son poids revenait en balayant la Sibérie : les Rouges repoussaient les Blancs vers l'Extrême-Orient. On enfonçait des clous dans les troncs des cèdres, on dynamitait les églises comme pour aider le balancier à mieux effacer toute trace du passé.

Un jour, ce va-et-vient puissant a même projeté les hommes du village vers cet Occident fabuleux qui s'était démarqué jadis dédaigneusement de la Moscovie barbare. De la Volga, ils sont allés jusqu'à Berlin en dallant cette route de leurs cadavres. Là,

à Berlin, cette horloge folle s'est arrêtée un instant
– court moment de victoire – et les survivants sont
repartis à l'Est : il fallait en finir avec le Japon, à
présent...

Du temps de notre enfance, le balancier semblait
immobile. On aurait dit que son poids immense
s'était embrouillé dans les innombrables rangs des
barbelés tendus sur son parcours. Il y avait justement
un camp à une vingtaine de kilomètres de notre
village. À un endroit du chemin qui menait à la ville,
la taïga s'écartait et on voyait dans le scintillement
froid du brouillard les silhouettes des miradors. Et
combien de ces pièges à travers l'Empire rencontrait
dans son va-et-vient le balancier ? Dieu seul le sait.

Le village, dépeuplé, ne comptait plus que deux
dizaines d'isbas et semblait somnoler au voisinage de
cette masse tassée de vies humaines. Ce camp – un
point noir au milieu des neiges infinies...

L'enfant, pour construire son univers personnel,
a besoin de peu de choses. Quelques repères naturels
dont il perce facilement l'harmonie et qu'il dispose en
un monde cohérent. C'est ainsi que, de lui-même,
s'organisa le microcosme de nos jeunes années. Nous
connaissions l'endroit dans un profond fourré de la
taïga où un ruisseau naissait, sortant du miroir sombre

d'une source souterraine. Ce ruisseau, le Courant, ainsi que tout le monde l'appelait, contournait le village et se jetait dans la rivière, près de l'isba des bains abandonnée. Une rivière sinuant entre deux murs sombres de la taïga, large, profonde. Elle avait un nom propre, l'Oleï, entrait dans des jeux géographiques plus vastes marquant par son flux la direction nord-sud et rejoignait, loin du village, un immense fleuve : le fleuve Amour. Celui-ci était indiqué sur le globe poussiéreux qu'exhibait parfois notre vieux professeur de géographie. Et les habitations humaines se disposaient dans notre microcosme naïf toujours selon cette configuration à trois niveaux. Notre village, Svetlaïa, sur la rivière, un chef-lieu Kajdaï plus en aval, à dix kilomètres du village, et enfin, sur le grand fleuve, la seule vraie ville, Nerloug, avec son magasin où l'on pouvait acheter même de la limonade en bouteilles…

Le brassage du balancier a rendu la population du village très bigarrée, malgré la simplicité primitive de son existence. Il y avait parmi nous un ancien « koulak » exilé ici pendant la collectivisation en Ukraine dans les années trente ; la famille de vieux-croyants Klestov qui vivaient dans un isolement féroce, parlant à peine avec les autres ; un passeur de bac, le manchot Verbine, qui racontait toujours la même histoire à ses passagers : il était l'un des premiers à avoir marqué son nom sur les murs du Reichstag conquis ; et c'est à ce moment d'extase victorieuse qu'un éclat d'obus perdu lui avait sectionné le bras droit – il n'avait marqué son nom qu'à moitié !

Le balancier a concassé aussi les familles. Il n'y en avait presque pas de complètes, à part celle des vieux croyants. Mon ami Outkine vivait avec sa mère, seule. Tant qu'il était enfant et ne pouvait pas comprendre, elle lui racontait que son père avait été un pilote de guerre et qu'il avait péri en kamikaze, jetant son avion en flammes sur une colonne de chars allemands. Mais un jour, Outkine a deviné que, né douze ans après la guerre, il ne pouvait pas physiquement avoir un tel père. Meurtri, il l'a dit à sa mère. Celle-ci, en rougissant, expliqua qu'il s'agissait de la guerre de Corée… Ce n'étaient pas les guerres qui manquaient, heureusement.

Moi, je n'avais que ma tante… Le balancier dans son envol a dû écorcher le sol gelé de notre contrée en découvrant des rivières au sable d'or. Ou bien, c'est la dorure de son lourd disque qui a marqué cette terre rude… Et ma tante n'avait pas besoin d'inventer des exploits aériens. Mon père, géologue, avait suivi la trace dorée du balancier. Il devait espérer secrètement révéler quelque nouveau terrain aurifère pour le jour de ma naissance. Son corps n'a jamais été retrouvé. Et ma mère est morte en couches…

Quant à Samouraï qui avait à l'époque quinze ans, nous n'avions jamais bien compris, ni Outkine, ni moi, qui était cette vieille au nez crochu dont l'isba lui servait de logis. Sa mère ? Sa grand-mère ? Il l'appelait toujours par son prénom et coupait court à toutes nos tentatives d'en apprendre davantage sur son compte.

Le balancier a suspendu ses envolées. Et la vie du village s'est limitée peu à peu à trois matières essentielles : le bois, l'or, l'ombre froide du camp. Nous n'imaginions même pas que notre avenir pourrait se déployer au-delà de ces trois éléments premiers. Il nous faudrait un jour, pensions-nous, rejoindre les hommes qui s'enfonçaient avec leurs tronçonneuses dentues dans la taïga. Certains de ces bûcherons étaient venus dans notre enfer de glace en recherchant « l'argent du Nord » : la prime doublait leurs maigres salaires. D'autres – prisonniers relâchés sous condition de bon travail et conduite exemplaire – comptaient non pas les roubles, mais les jours… Ou, peut-être, serions-nous parmi ces chercheurs d'or que l'on voyait parfois entrer dans la cantine des ouvriers. Énormes chapkas de renard, courtes pelisses sanglées de larges ceintures, gigantesques bottes doublées de fourrure lisse, luisante. On disait que, parmi eux, il y en avait quelques-uns qui « volaient l'or à l'État ». Oui, ils lavaient le sable dans les terrains inconnus et écoulaient les pépites sur un mystérieux « marché noir ». Enfants, nous étions bien tentés par ce destin.

Il nous restait encore un choix : se figer là, dans l'ombre froide, en haut d'un mirador, en pointant une mitraillette vers les rangs des prisonniers alignés près de leurs baraques. Ou nous perdre nous-mêmes dans le grouillement humain des baraques…

Toutes les dernières nouvelles dans Svetlaïa tournaient autour de ces trois éléments : taïga, or, ombre. On apprenait qu'une brigade de bûcherons avait de nouveau dérangé un ours dans sa tanière et qu'ils s'étaient sauvés en s'entassant tous les six dans la cabine du tracteur. On parlait du poids record d'une pépite « grosse comme un poing ». Et, en chuchotant, d'un nouvel évadé… Puis venait le temps des violentes bourrasques, et même ce mince filet d'information s'interrompait. On évoquait alors les nouvelles locales : un fil électrique qui avait cédé, des traces de loups découvertes près de la grange. Enfin, un jour, le village ne se réveillait pas…

Les habitants se levaient, préparaient le petit déjeuner. Et, tout à coup, ils surprenaient un étrange silence qui régnait autour de leur isba. Pas de crissement de pas dans la neige, pas de sifflement du vent sur les arêtes du toit, pas d'aboiements de chiens. Rien. Un silence cotonneux, opaque, absolu. Cet extérieur sourd distillait tous les bruits ménagers, d'habitude imperceptibles. On entendait les soupirs d'une bouilloire sur le poêle, le chuintement fin et régulier d'une ampoule. Nous écoutions, ma tante et moi, l'insondable profondeur de ce silence. Nous regardions l'horloge à poids. Le jour, normalement, aurait dû déjà naître. Le front contre la vitre, nous scrutions l'obscurité. La fenêtre était complètement obstruée par la neige. Alors, nous nous précipitions vers l'entrée et, devinant déjà l'inimaginable qui se répétait presque chaque hiver, nous ouvrions la porte…

Un mur de neige se dressait au seuil de notre isba. Le village était enseveli tout entier.

Avec un hurlement de joie sauvage, je m'emparais d'une pelle : pas d'école ! pas de devoirs ! Une journée de désordre bienheureux nous attendait.

Je commençais à creuser d'abord un étroit tronçon, puis, en damant la neige duveteuse et légère, j'aménageais les marches. La tante, pour me faciliter la tâche, arrosait de temps en temps le fond de ma caverne avec l'eau chaude de la bouilloire. Je montais lentement, obligé parfois de m'avancer presque à l'horizontale. La tante m'encourageait depuis le seuil de l'isba en me priant de ne pas aller trop vite. L'air commençait à me manquer, je ressentais un étrange vertige, mes mains nues brûlaient, mon cœur battait lourdement dans mes tempes. La lumière de l'ampoule terne venant de l'isba n'atteignait presque plus le recoin dans lequel je me débattais. Inondé de sueur malgré la neige qui m'enveloppait, je m'imaginais dans des entrailles chaudes et protectrices. Mon corps semblait se souvenir de ses nuits prénatales. Mon esprit engourdi par le manque d'air me suggérait faiblement qu'il eût été sage de descendre dans l'isba pour reprendre mon souffle...

C'est à cet instant que ma tête perçait la croûte de la surface neigeuse ! Je fermais les yeux, la lumière m'aveuglait.

Le calme infini régnait sur cette plaine noyée dans le soleil : la sérénité de la nature se reposant après la tourmente nocturne. La taïga découvrait maintenant ses lointains bleutés et semblait somnoler dans la douceur de l'air. Et, au-dessus de la nappe étincelante, les colonnes blanches de fumée montaient des cheminées invisibles.

Les premiers hommes apparaissaient, émergeant de la neige, se redressaient, enveloppaient d'un regard ébloui le désert scintillant qui s'étendait à la place du village. Nous nous embrassions, en riant, en montrant du doigt la fumée – c'était vraiment drôle d'imaginer quelqu'un préparant le repas sous deux mètres de neige ! Un chien sautait du tunnel et semblait aussi s'esclaffer devant ce spectacle insolite... On voyait apparaître Klestov, le vieux-croyant. Il se tournait vers l'est, se signait lentement, puis saluait tout le monde avec un air de dignité appuyée.

Le village retrouvait peu à peu ses bruits familiers. Les quelques hommes de Svetlaïa, aidés par nous tous, se mettaient à creuser des couloirs qui reliaient les isbas entre elles et ouvraient le passage vers le puits.

Nous savions que cette abondance neigeuse, dans notre contrée des froids secs, avait été apportée par les vents nés dans le néant brumeux de l'océan. Nous savions aussi que cette tempête était le tout premier signe du printemps. Le soleil de ce redoux rabattrait vite la neige, la ramènerait, lourde et tassée, jusque sous nos fenêtres. Et les froids reprendraient encore plus violents, comme pour se venger de cette brève défaillance lumineuse. Mais le printemps viendrait ! Maintenant nous en étions sûrs. Le printemps aussi éclatant et soudain que la lumière qui nous aveuglait à la sortie de nos tunnels.

Et le printemps venait, et, un beau jour, le village rompait les amarres. La rivière s'ébranlait. D'énormes champs de glace commençaient leur défilé majestueux. Leur marche s'accélérait, les écailles luisantes de l'eau nous éblouissaient. L'odeur âpre de la glace se mélangeait avec le vent des steppes. Et la terre se dérobait sous nos pieds, et c'était notre village avec ses isbas, ses haies vermoulues, ses voiles de linge multicolore sur les cordes, c'était Svetlaïa qui s'en allait dans une navigation joyeuse.

L'éternité hivernale prenait fin.

Le voyage ne durait pas longtemps. Quelques semaines après, la rivière rentrait dans son lit, le village accostait à la rive d'un fugitif été sibérien. Et, dans ce bref intervalle, le soleil déversait l'odeur chaude de la résine de cèdre. Nous ne parlions plus que de la taïga.

C'est au cours de l'une de nos expéditions au milieu de la taïga qu'Outkine trouva la Kharg-racine…

Avec sa jambe mutilée, il était toujours derrière nous. De temps en temps, il nous lançait, à Samouraï et à moi : « Hé ! mais attendez un peu ! » Nous ralentissions le pas, compréhensifs.

Cette fois, au lieu de son habituel « Attendez-moi ! », il poussa un long sifflement de surprise. Nous nous retournâmes.

Comment pouvait-il la dénicher, cette racine que seuls les yeux experts des vieilles Yakoutes réussissaient à distinguer dans la couche molle de l'humus ? À cause de sa jambe, peut-être. Son pied gauche qu'il traînait comme un rateau déterrait souvent à son insu des choses étonnantes…

Nous regardâmes la Kharg-racine de près. Sans nous l'avouer, nous sentîmes qu'il y avait quelque chose de féminin dans sa forme. C'était en fait une sorte de grosse poire sombre à l'écorce de daim légèrement craquelée, recouverte dans sa partie inférieure d'un duvet violacé. De haut en bas, cette racine était divisée par une cannelure ressemblant au tracé de la colonne vertébrale.

La Kharg était très agréable au toucher. Sa peau veloutée semblait répondre au contact des doigts. Ce bulbe aux contours sensuels laissait deviner une étrange vie qui animait son mystérieux intérieur.

Intrigué par son secret, j'écorchai sa surface rebondie avec l'ongle de mon pouce. Un liquide rouge comme le sang emplit l'égratignure. Nous échangeâmes un regard perplexe.

– Donne voir, demanda Samouraï en me prenant la Kharg des mains.

Il retira son couteau et incisa le bulbe de la racine suivant la cannelure. Puis, enfonçant ses pouces dans le duvet en bas de son ovale charnu, il les écarta brusquement.

Nous entendîmes une sorte de bref criaillement – comme celui d'une porte saisie par la glace et qui cède enfin sous l'effort.

D'un même élan nous nous inclinâmes pour mieux voir. Dans un giron rosâtre, pulpeux, nous vîmes une longue feuille pâle. Elle était pliée avec cette émouvante délicatesse que nous rencontrions souvent dans la nature. Et qui provoquait chez nous des sentiments mitigés : détruire, rompre cette harmonie inutile ou… Nous ne savions pas bien ce qu'il fallait en faire. C'est ainsi que, quelques instants, nous contemplâmes la feuille qui rappelait la transparence et la fragilité des ailes d'un papillon sortant de son cocon.

Samouraï lui-même paraissait vaguement embarrassé devant cette beauté inattendue et déroutante.

Enfin, d'un geste expéditif, il colla les deux moitiés de la Kharg et fourra la racine dans une pochette de son sac à dos.

– Je demanderai à Olga, nous lança-t-il en reprenant la marche. Elle doit en avoir entendu parler…

3

Nous vivions dans un étrange univers sans femmes. La découverte du bulbe d'amour ne fit que rendre cette réalité éclatante.

Oui, quelques ombres qui nous étaient souvent chères, attachantes, mais qui n'évoquaient pour nous rien de féminin. Ma tante, la mère d'Outkine, la vieille Olga… Quelques visages des enseignantes de l'école qui se trouvait à Kajdaï. Leur féminité s'était épuisée depuis longtemps dans cette rude résistance quotidienne au froid, à la solitude, à l'absence de tout changement prévisible. Non, elles n'étaient pas laides. La mère d'Outkine, par exemple, avait un beau visage pâle, une sorte de transparence aérienne dans les traits. Mais le savait-elle, elle-même ? C'est bien longtemps après, en la revoyant dans mes souvenirs, que j'ai pu le constater : oui, elle aurait pu plaire, être désirable. Mais plaire à qui ? Être désirable où ? Froid, nuit, éternité appelée « hiver ». Et le balancier qui somnolait embrouillé dans les barbelés recouverts de glace.

Il arrivait que, par le hasard de quelque affectation décidée à mille kilomètres de notre village, une jeune enseignante se retrouvât dans notre école. Denrée rare. Sa personne concentrait sur elle une curiosité intense. Mais nous lisions sur son visage une telle angoisse, un tel désir de fuir le plus vite possible, que nous en étions nous-mêmes inquiets : est-ce que notre vie était vraiment à ce point invivable ? L'angoisse altérait ses traits. Sa beauté, sa fascinante étrangeté s'estompaient sous cette grimace de terreur. Nous sentions tous que, mentalement, elle comptait les jours – elle nous regardait comme si nous étions déjà dans le passé. Figurants d'un mauvais souvenir. Personnages d'un cauchemar.

Et les hommes, assujettis à trois éléments – taïga, or, ombre des miradors – comptaient eux aussi. En mètres cubes de cèdre, en kilogrammes de sable d'or... Ils rêvaient aussi d'une existence tout autre, au bout de ce calcul, d'une vie à dix mille kilomètres de ces lieux, par-delà l'Oural, à l'autre bout de l'Empire. Ils évoquaient l'Ukraine, le Caucase, la Crimée. Leurs scies s'enfonçaient dans la chair odorante des cèdres et semblaient crier ce « Crrri-i-mée » tant convoité. Et les dragues des chercheurs d'or reprenaient en écho en creusant : « Crrri-i-mée »...

Quant à l'amour... Le seul mot que nous les entendions employer était « faire ». Non pas « faire l'amour », ce qui aurait désigné déjà le processus, ni même « se faire une femme », ce qui aurait évoqué au moins un acte de séduction, mais tout simplement : « faire une femme ». Tapis dans un coin de la cantine d'ouvriers, devant notre verre de compote, nous écoutions leurs confidences et nous en étions toujours terriblement déçus. Leurs récits ne nous apprenaient qu'une chose : l'un d'eux avait « fait » une inconnue. Pas de décors, pas de portraits, aucune esquisse érotique. Ils ne prenaient même pas la peine de chercher à exprimer leur exploit par l'un de ces verbes grossiers qui gargouillaient tout le temps dans leurs gorges brûlées par la vodka et le vent.

– Je l'ai faite, hé-hé ! cette petite Yakoute...

34

– Cette Mania, la caissière, tu te rappelles ? je l'ai faite…

Nous espérions au moins quelques détails : comment était-elle, cette jeune femme yakoute ? Sous sa pelisse endurcie par le givre piquant, son corps devait paraître particulièrement chaleureux et lisse. Et ses cheveux devaient avoir l'odeur du cèdre brûlé. Et ses jambes fortes, un peu courbes, ses hanches musclées faisaient sans doute de son aine un véritable piège qui se refermait sur le corps de son amant… Nous attendions si fébrilement l'une de ces confidences ! Mais les hommes se mettaient déjà à parler des mètres cubes de bois ou d'un tuyau qu'il fallait rallonger pour mieux débusquer les pépites… Nous avalions bruyamment les fruits ramollis de notre compote, brisions avec les lourdes poignées de nos couteaux les noyaux d'abricots. Et, en mastiquant leurs amandes, nous nous en allions dans le vent glacé, avec un goût amer sur les lèvres.

L'amour nous paraissait taillé dans le crépuscule gris d'un chef-lieu triste dont toutes les rues débouchent sur les terrains vagues couverts de sciure mouillée.

Et puis, un jour, il y eut cette rencontre en pleine taïga. C'était le même été où le pied mutilé d'Outkine avait déterré la racine d'amour. Je venais d'avoir quatorze ans, et je ne savais toujours pas si j'étais laid ou beau, ni si l'amour allait au-delà de « je l'ai faite »...

Au bord d'une rivière, par un chaud après-midi d'août, nous avons allumé un feu de bois. Débarrassés de nos vêtements, nous nous sommes jetés à l'eau. Malgré le soleil, elle était glacée. Quelques instants après, nous nous réchauffions déjà près du feu. Puis, de nouveau un plongeon, et vite la brûlante caresse des flammes. C'était l'unique moyen de passer toute la journée dans l'eau. Outkine – il ne se baignait jamais à cause de sa jambe – ravivait le feu, et nous, Samouraï et moi, tout nus, nous luttions contre le cours rapide de l'Oleï. Nous nous jetions vers le feu en claquant des dents, en nous esbrouffant, mais sans jamais oublier d'apporter un peu d'eau dans le creux de nos paumes. Nous la lancions à Outkine pour lui faire partager notre plaisir. Lui, traînant sa jambe, essayait maladroitement d'éviter ces jets qui éclataient en l'air dans un fugitif arc-en-ciel. Les gouttes arrosaient le feu. Aux exclamations indignées d'Outkine se mêlait le sifflement rageur des flammes.

Ensuite venait l'instant de grand silence. Nos corps glacés s'imprégnaient peu à peu de la chaleur. La fumée nous enveloppait, chatouillait nos narines. Nous restions debout sans bouger, dans un engourdissement bienheureux de lézards au soleil. L'abondance du soleil caressant nos cheveux humides. La fraîcheur pénétrante du courant, son ruissellement mélodieux, assoupissant. Et, autour de nous, le calme infini de la taïga. Sa lente respiration, son immensité bleutée, dense et profonde...

Le ronflement du moteur a brisé notre bienheureuse torpeur. Nous n'avons même pas eu le temps de ramasser nos vêtements. Une voiture tout-terrain a surgi sur la rive et, décrivant une courbe rapide, s'est arrêtée à quelques pas de notre feu de bois.

Avec Samouraï nous avons juste croisé les bras sur le bas du ventre et nous nous sommes figés, pris au dépourvu dans notre nudité alanguie.

La voiture était décapotée. Il y avait, outre le chauffeur, deux passagères, deux jeunes femmes. Quand la voiture s'immobilisa, l'une d'elles tendit au chauffeur une grande bouteille en plastique. L'homme poussa la portière et se dirigea vers la rivière.

Interdits, nous cachant le sexe, nous fixions les deux inconnues. Celles-ci se levèrent de leurs sièges et se hissèrent sur la capote rabattue. Comme pour mieux nous voir. De l'autre côté du feu, Outkine, assis par terre, attendait, avec un sourire malicieux, le dénouement de la scène, en se jetant des myrtilles dans la bouche.

Les deux jeunes femmes étaient, sans doute, tout comme leur compagnon, de jeunes géologues.

Probablement des étudiantes venues faire un stage sur le terrain. Leur allure décontractée de citadines nous fascinait.

Elles nous dévisageaient sans trop de gêne devant notre nudité. Avec une curiosité qu'on a pour des fauves au zoo. Elles étaient blondes. Nos yeux, inhabitués à distinguer avec précision les visages féminins, les prenaient pour deux sœurs jumelles...

Enfin, l'une d'elles, celle qui avait un regard plus insistant, dit en souriant à sa collègue :

– Lui, le petit, on dirait un vrai ange...

Et, légèrement, elle la poussa de l'épaule en lui jetant un regard coquin.

L'autre me dévisagea, mais sans sourire. Je remarquai un discret frémissement de ses longs cils.

– Oui, un ange, mais avec de petites cornes, répliqua-t-elle avec un léger agacement, et, sans plus nous regarder, elle glissa sur son siège.

Le chauffeur revenait, la bouteille pleine à la main. La première blonde, avant de s'installer à son tour, continua à me regarder avec un sourire insistant. Et je sentis presque physiquement l'attouchement de ce regard sur mes lèvres, sur mes sourcils, sur ma poitrine... C'est à cet instant que les sœurs jumelles devinrent pour moi deux femmes totalement différentes. L'une, réservée, sensible, et qui avait en elle comme une corde intensément tendue, était une blonde fragile, semblable aux éclats de cristal que nous trouvions dans les rochers. L'autre, c'était de l'ambre, chaude, enveloppante, sensuelle. Les femmes aussi pouvaient donc être différentes !

Samouraï me tira de mon oubli en me versant dans le dos de longs jets froids. Il était déjà dans l'eau.

— Outkine ! cria-t-il. Pousse-le dans la flotte ! Je vais noyer ce Don Juan à poil !

— Qui ? demandai-je, en prenant ce nom pour quelque juron qui m'était inconnu.

Mais Samouraï ne répondit pas. Il nageait déjà vers la rive opposée... Nous entendions souvent dans sa bouche ces mots étranges. Ils faisaient certainement partie du mystère d'Olga.

Outkine, au lieu de me pousser, s'approcha et bougonna d'une voix terne, cassée :

— Mais vas-y, nage ! Qu'est-ce que tu attends ?

Il leva ses yeux vers moi. Et, pour la première fois, j'aperçus cet éclat douloureux, interrogateur : la tentative de percer le sens de la mosaïque de la beauté... Puis, se détournant, il se mit à jeter dans le feu de nouvelles branches.

Sur le chemin du retour, je remarquai que même Samouraï avait été impressionné par la rencontre près du feu de bois. Il cherchait un prétexte pour reparler des deux inconnues.

– Elles doivent être à la fac, à Novossibirsk, déclara-t-il, ne trouvant pas de meilleure amorce.

Novossibirsk, capitale de la Sibérie, était pour nous presque aussi irréelle que la Crimée. Tout ce qui se situait à l'ouest du Baïkal évoquait déjà l'Occident.

Samouraï se tut, puis, me regardant avec une désinvolture très canaille, jeta :

– Je parie qu'il les fait chaque jour, ces deux-là, le chauffeur !

– Bien sûr qu'il les fait, dis-je, me hâtant de partager son avis et son ton d'homme qui sait.

Cet échange de répliques s'arrêta là. Nous sentîmes quelque chose de profondément faux dans nos paroles. Il aurait fallu le dire autrement. Mais comment ? Parler de la corde tendue, du cristal, de l'ambre ? Samouraï m'aurait certainement pris pour un fou...

Outkine nous rattrapa seulement près du bac. Dans la taïga, comme toujours, il traînait son pied à une centaine de mètres derrière nous. Mais, cette fois, nous n'entendions pas ses habituels appels. C'étaient nous qui, inquiets, essayions de temps à autre de distinguer sa silhouette au milieu des troncs sombres en hélant :

– Outkine ! Les loups t'ont pas encore bouffé ? A-ouh !

Le bac sur l'Oleï – grand radeau en rondins noircis – effectuait en été la navette, trois fois par jour. La rive gauche, c'étaient nous, Svetlaïa, l'Est. La rive droite, Nerloug avec ses maisons en briques et le cinéma L'Octobre rouge. Bref, la ville plus ou moins civilisée, antichambre de l'Occident…

Les occupants du bac, pour la plupart, revenaient de la ville. Dans leurs filets s'entassaient des paquets en papier avec des victuailles introuvables dans le village.

Le passeur manchot, Verbine, empoigna une grande palette en bois avec une fente spéciale et se mit à tirer sur le câble d'acier en le coinçant adroitement. Le câble passant par les anneaux en fer sur la rampe du bac nous guidait vers la rive opposée. Samouraï prit la palette de réserve pour aider le passeur.

J'étais assis sur les planches qui recouvraient le radeau, j'écoutais le doux clapotis de l'eau, et, distraitement, je regardais le village s'approcher, avec ses isbas basses entourées de jardins, le lacis des sentiers et des haies, la fumée bleue qui sortait d'une cheminée.

Le soleil se couchait au-dessus de la rive droite, du côté de la ville, du lointain Baïkal, du côté de l'Occident. Et notre village était tout inondé par sa lumière cuivrée.

Quand nous fûmes au milieu de la rivière, Outkine me poussa du coude en m'indiquant quelque chose au loin d'un mouvement brusque du menton.

Je suivis son regard. Sur la rive où nous allions accoster, je vis une silhouette féminine. Je la reconnus facilement. Une femme se tenait au bord de l'eau et, la main en visière, elle regardait le bac qui glissait lentement dans la coulée orange du soleil bas.

C'était Véra. Elle vivait dans une petite isba à la sortie du village. Tout le monde la disait folle. Nous savions qu'elle resterait comme ça jusqu'à ce que tous les passagers soient descendus sur la berge et soient remontés vers le village. Alors, elle s'approcherait du passeur et lui poserait une question à voix basse. Personne ne savait ni ce qu'elle disait, ni ce que Verbine lui répondait.

Depuis des années et des années, elle descendait sur la rive et attendait quelqu'un qui ne pouvait venir qu'en été, que le soir, que dans la lenteur somnambulique de ce vieux bac noirci par le temps. Elle regardait, sûre de pouvoir distinguer, un jour, dans la foule endimanchée, son visage…

Quand le bac fut tout près du bord, Samouraï abandonna sa palette et vint nous rejoindre. Comme nous, il regarda la femme qui attendait l'arrivée du bac.

– Ça, elle a dû l'aimer ! dit-il en secouant la tête avec conviction.

Nous sautâmes sur le sable les premiers. Et, en passant près de Véra, nous vîmes dans ses yeux sombres mourir l'espoir de ce jour…

Le soleil, échoué sur la taïga de la rive occidentale, ressemblait au disque doré du balancier immobile. Le temps s'était arrêté. Les envolées d'autrefois s'étaient rétrécies jusqu'aux allers et retours du vieux bac guidé par un câble rouillé…

Arrivé dans l'isba, je retirai de la commode de ma tante une glace au cadre ovale et m'y contemplai en profitant de la lumière pâle du crépuscule d'été. Cette contemplation, je le savais, était indigne d'un vrai homme. Je n'osais pas imaginer toutes les moqueries de Samouraï et d'Outkine, si par hasard j'étais surpris par eux à cette occupation de dames. Mais les paroles des deux blondes résonnaient encore à mes oreilles : « Un ange… Mais avec de petites cornes. » Bien des secrets remplissaient cet ovale terne qui s'éteignait lentement. Les traits qu'il reflétait pouvaient donc être aimés. Et rendre folle une femme… Et l'amener pendant de longues années sur la rive, dans un espoir impossible…

Une étrange confirmation de mes premières intuitions amoureuses m'était parvenue le jour de l'anniversaire de la Révolution.

Ma tante invita trois de ses meilleures amies, dont deux étaient aiguilleurs de chemin de fer, comme elle, et la troisième vendeuse au magasin d'alimentation de Kajdaï. Femmes seules, elles aussi.

Il y avait, sur la table, dans un grand plat de faïence, un bloc de porc en gelée qui ressemblait à un cube de glace grisâtre et luisant ; de la choucroute froide assaisonnée d'huile et agrémentée de canneberge ; des cornichons, bien sûr ; du *stroganina*, ce poisson gelé et coupé en tranches transparentes et qu'on mange cru ; des pommes de terre à la crème fraîche ; des boulettes de bœuf grillées dans le poêle. Et la vodka qu'on mélangeait au sirop d'airelle.

La vendeuse avait apporté des galettes, des petits biscuits, des chocolats qu'on ne trouvait que dans sa réserve personnelle.

Les femmes ont bu ; dans leurs voix adoucies on entendait comme le tintement des glaces qui se brisaient, fondaient. Vive la Révolution ! Malgré ses rivières de sang, elle a donné naissance à ce fugitif instant de bonheur… Ne pensons pas au reste ! C'est trop dur, n'y pensons plus ! Au moins ce soir… Cela ne fera pas revenir ces chers visages, et cette poignée de jours heureux, et ces baisers qui sentaient la première neige, ou bien la dernière, on ne se rappelle plus. Ni ces yeux dans lesquels on voyait passer les nuages qui glissaient vers le Baïkal, vers l'Oural, vers Moscou assiégée. Ils sont partis à la poursuite de ces nuages, les ont rattrapés aux murs de Moscou, dans les champs glacés éventrés par les chars. Et ils les ont immobilisés dans leurs yeux grands ouverts, fixant pour toujours leur course légère vers l'ouest. Couchés dans une charnière gelée, le visage renversé dans le ciel noir.

Mais n'en parlons pas... La première neige, la dernière neige... Attends, Tania, je vais te donner ce morceau-là, il est moins grillé... Deux lettres j'ai reçu de lui, et puis... Ne pensons pas à ça... Deux lettres en deux ans... N'y pensons pas...

Perché sur la large surface tiède du grand poêle en pierre où étaient entassées les vieilles bottes de feutre, une couverture de laine et deux oreillers flasques, je somnolais. Je connaissais par cœur leurs conversations qui dérapaient toujours sur ce passé de guerre. Elles essayaient d'y échapper et se mettaient à évoquer les dernières nouvelles du village. Il paraît, disaient-elles, que la directrice, on l'a vue de nouveau avec... comment il s'appelle déjà ?...

La chanson venait et les sauvait des nuages figés dans les yeux de leurs amoureux éphémères et des potins vieux de plusieurs années. Leurs voix s'éclaircissaient, s'élevaient. Et j'étais toujours surpris de voir à quel point ces femmes, ces ombres d'une autre époque, pouvaient être tout à coup graves et lointaines... Elles chantaient et, à travers mon sommeil voilé, j'imaginais ce cavalier qui luttait contre une tempête de neige et sa belle qui l'attendait devant la fenêtre noire. Et puis cette autre amoureuse qui implorait les oies sauvages de porter sa parole au bien-aimé parti « derrière la steppe, derrière la mer bleue ». Et je me mettais à rêver à tout ce qui pouvait se cacher derrière cette mer bleue surgie subitement dans notre isba enneigée…

Ma tante vérifiait toujours si j'étais endormi avant de commencer à parler des frasques illusoires de la directrice. « Mitia ! m'appelait-elle, en tournant la tête vers le poêle. Tu dors ? » Je ne répondais pas. Et pour cause. Je ne voulais surtout pas rater le récit des nouvelles aventures de l'unique femme reconnue susceptible d'en avoir. Je restais muet. J'écoutais.

Cette fois, j'entendis de nouveau la question de ma tante. Et puis son soupir.

— Et voilà encore un souci, comme si j'en avais vraiment besoin, dit-elle à voix basse. Les filles vont bientôt s'accrocher à lui comme des bardanes à la queue d'un chien. Je le vois déjà venir…

— Ça, c'est sûr, confirma la vendeuse. Beau comme il est, tu auras, Petrovna, des fiancées à ne plus savoir qu'en faire…

— Oui, elles vont vite te le gâter, ton Dimitri, intervint une autre amie.

Je me relevai sur un coude, écoutant avec avidité. Me gâter ! J'espérais tellement un mode d'emploi de cette terrible activité que je devinais intensément voluptueuse. Mais déjà elles parlaient d'une bonne recette de champignons salés...

Et moi, je sentis que même cet oreiller flasque sous ma joue renfermait dans la tiédeur de son duvet une étrange concupiscence déguisée. La promesse de quelque nuit fabuleuse dont les heures, l'obscurité, l'air même auraient la consistance de la chair et le goût du désir. Je me voyais au bord de l'Oleï. Debout, tout nu devant un feu de bois. Le corps transpercé de la fraîcheur glacée de l'eau. Et l'une des inconnues blondes – cristal ou ambre, je ne savais plus – se tenait de l'autre côté des flammes, nue elle aussi. Et elle me souriait, baignant dans le soleil, dans l'odeur dense de la résine de cèdre, dans l'insondable silence de la taïga. Je me plongeais de plus en plus profondément dans cet instant. Je tendais la main par-dessus le feu pour toucher celle de l'inconnue... La rive devenait tout à coup blanche, le silence de la taïga – hivernal. Et le tournoiement lent des flocons enveloppait nos corps dans une lumière de soleil tamisée.

4

Nous avons pris l'habitude, cet hiver-là, d'aller aux bains ensemble, Samouraï et moi…

Malgré ses allures de caïd villageois, il était un être assez sensible. L'attitude des deux blondes, lors de notre baignade en été, ne lui avait pas échappé. C'est depuis cette rencontre qu'il s'était mis à me traiter comme son égal. Moi qui n'avais que quatorze ans à l'époque ! Et lui, il allait en avoir seize. Différence qui me paraissait infinie.

Outkine ne nous suivait jamais et se lavait dans des bains plus proches de son isba. Il avait peur de refroidir sa jambe.

Les bains où nous nous rendions chaque dimanche ne se distinguaient en rien des autres. La même petite isba divisée en deux parties inégales. Une étroite entrée où nous laissions nos vêtements et nos bottes de feutre, puis une pièce carrée avec un banc le long du mur et un grand poêle qui chauffait un énorme récipient en fonte. Nous le remplissions avec de l'eau du Courant. Tout autour de ce bassin s'élevait un grand tas de cailloux qui devenait vite brûlant et qu'il fallait arroser pour que la pièce se noie dans une vapeur chaude. Il y avait enfin une sorte de petite mezzanine faite de deux planches de bois sur laquelle on s'étendait à tour de rôle pendant que l'autre vous fouettait le dos à l'aide d'un bouquet de fines branches de bouleau trempé dans l'eau frémissante. Ces bouquets séchaient depuis l'été sous le plafond, dans l'entrée. C'étaient leurs feuilles qui, gonflées par l'eau brûlante, embaumaient toute la pièce de leur senteur pénétrante.

Oui, c'étaient des bains pareils aux autres. Sauf qu'ils se trouvaient non pas au fond d'un potager, mais à l'écart du village, sur la rive, à l'endroit où le Courant se jetait dans l'Oleï. L'isba était depuis des années abandonnée. Nous avions nettoyé le grand bassin en fonte, avions fait provision de bouquets de bouleau, réparé la porte affaissée. Devenu notre quartier général du dimanche, ce bain semblait préparer, par l'alchimie de ses vapeurs, l'étonnante transmutation de nos corps…

Le froid, ce soir, était tel qu'en arrivant nous ne sentions plus nos doigts gourds.

– Moins quarante-huit! cria joyeusement Samouraï en dévalant le raidillon de glace qui menait vers nos bains. J'ai regardé en partant…

– La nuit, ça va descendre à moins cinquante, c'est sûr, renchéris-je en comprenant bien son allégresse.

Les étoiles scintillaient avec une fragilité frileuse, piquante. La neige s'envolait sous nos pas dans un chuchotement sec, sonore.

Nous poussâmes la porte prise par le gel de toutes nos forces. Elle céda avec un crissement cassant comme si on avait brisé une vitre. Nous allumâmes une bougie collée au fond d'une boîte de conserve. Autour de sa flamme hésitante brilla un halo irisé. Accroupi, Samouraï commença à charger le poêle ; moi, j'arrachai l'écorce du bouleau nécessaire pour les premières flammes.

Peu à peu, l'intérieur glacé de la pièce obscure revenait à la vie. Ses murs sombres en rondins devenaient tièdes. Au-dessus du bassin montait un fin voile de vapeur.

Samouraï puisait une louche et aspergeait les cailloux. Un sifflement coléreux était un bon signe. Nous allâmes nous déshabiller dans l'entrée qui paraissait maintenant glaciale…

Le vrai bain doit ressembler à l'enfer. Les flammes percent à travers la petite porte du poêle. Les cailloux arrosés de plus en plus abondamment sifflent comme mille serpents. Les planches deviennent glissantes. Les gestes, dans l'obscurité, se font maladroits. Quant aux bouquets de bouleau, c'est un véritable supplice ! Mais aussi un plaisir intense. D'abord, c'est mon tour. Je m'allonge sur les planches étroites de la mezzanine, et Samouraï se met à me fouetter avec rage. Il trempe son bouquet dans l'eau bouillante et l'abat sur mon dos. Je hurle de douleur et de joie. Les branches fines et souples semblent pénétrer entre mes côtes. Mon esprit s'obscurcit. La vapeur est de plus en plus ardente. Samouraï, avec une jouissance satanique, continue à cribler mon dos de pointes cuisantes. Et il n'oublie pas de temps en temps de renverser une louche sur les cailloux brûlants. Le nouveau nuage de vapeur dissimule pour quelques instants mon tortionnaire…

Enfin, ma pensée, anéantie par l'excès de douleur et de plaisir, m'annonçait dans son tout dernier message que je n'avais plus de corps. C'était vrai! À l'endroit du corps, je ressentais une absence bienheureuse, un délicieux néant composé de l'ombre embuée, de l'arôme légèrement piquant des feuilles de bouleau macérées dans l'eau bouillante. Et du va-et-vient rythmique du bouquet qui s'abattait maintenant dans le vide, me transperçant comme si j'étais de l'air…

À ce moment, exténué, Samouraï s'arrêtait, laissait tomber le bouquet et s'étendait sur les planches perpendiculaires aux miennes. Je m'acquittais de ma tâche tout en étant encore étranger à mon corps. C'étaient mes bras qui se dressaient et retombaient en fustigeant le dos musclé de Samouraï qui gémissait de plaisir. Tout se passait à mon insu...

Étrangement, c'est le grand corps de Samouraï qui fut le premier à me révéler que la chair nue pouvait être belle...

La vapeur était si brûlante qu'on ne pouvait plus respirer. Nos têtes bourdonnaient et des bulles rouges gonflaient et explosaient dans nos yeux. Il était temps d'accomplir l'essentiel...

Nous ouvrions la porte de la pièce, puis celle de l'entrée. Nous nous jetions dehors sous le frémissement sonore des étoiles, dans le froid dense de la nuit...

Une seconde après, nous nous arrêtions, nus, au bas du talus qui descendait vers l'Oleï. Un, deux, trois ! et nous nous faisions tomber à la renverse dans la neige vierge. Nous ne sentions aucun froid. Car nous n'avions plus de corps.

Le bruit cristallin des étoiles. Le bruit sourd de nos cœurs. Ces cœurs semblent abandonnés, tout seuls, enfouis dans la neige pure et sèche. Le ciel noir nous aspire dans son abîme empli de constellations.

Un instant... Et puis, la légère vapeur qui montait au-dessus de nous se dissipait. Nous commencions à ressentir notre peau que brûlait la neige fondue, nos épaules, nos cheveux humides tirés par la croûte de glace qui se formait déjà...

Nous revenions dans nos corps.

Et, nous dressant d'un bond sur nos jambes pour ne pas détruire nos belles empreintes sur la neige, nous courions vers les bains…

Ce soir-là, Samouraï était comme d'habitude assis dans son baquet préféré. C'était presque une petite baignoire en cuivre qu'il astiquait de temps en temps avec du sable de la rivière. Il repliait ses longues jambes et plongeait. Moi, je m'allongeais sur un banc.

La pièce paraissait toute différente après notre escapade sous le ciel glacé. La chaleur n'étouffait plus, mais enveloppait agréablement les corps retrouvés. Les odeurs étaient toujours vives, mais plus distinctes, clarifiées. Il était si délicieux de humer le souffle chaud et sec des pierres, puis, en tournant légèrement la tête, d'aspirer la senteur d'un bouquet de bouleau oublié dans le bassin. Et suivre une lente progression à travers l'obscurité d'une autre odeur, celle de l'écorce qui brûlait dans le poêle.

Après l'agitation de l'enfer, après l'instant de disparition sous les étoiles, cette pièce remplie de pénombre douce et tiède devenait pour nous un étrange paradis à l'approche de la nuit. Nous restions longtemps immobiles, rêveurs. Ensuite, Samouraï allumait son cigare…

Il en alluma un aussi ce soir-là. Un vrai havane, qu'il tira d'un étui en fin aluminium. Je savais que des cigares comme ça ne se vendaient que dans la ville, à Nerloug, à trente-sept kilomètres de notre village, et qu'ils coûtaient soixante kopecks la pièce, étui compris – une fortune ! – quatre déjeuners à l'école !

Mais Samouraï semblait ne pas se préoccuper du prix. Il tendit le bras, attrapa la hache qui traînait près du poêle et, mettant son gros cigare sur le rebord plat du baquet, coupa d'un geste bref et précis un petit bout marron.

Après la première bouffée, il s'installa encore plus confortablement dans l'eau et énonça sans préambule, en regardant le plafond noirci de l'isba :

– Olga a dit que tous ces petits moujiks qui fument leurs petites clopes, leurs cigarettes puantes, ne savent pas vivre.

– Comment ça, ne savent pas vivre ? demandai-je en relevant la tête de mon banc.

– Ils acceptent la médiocrité.

– Quoi ?

– Oui, ils se veulent moyens. Elle a très bien dit cela. Ils s'imitent les uns les autres. Un boulot moyen, une femme moyenne à qui ils vont faire l'amour moyennement. Des médiocres, quoi…

– Et toi ?

– Moi, je fume des cigares.

– C'est plus cher, c'est ça ?

– Pas seulement. Fumer un cigare, c'est un… euh… un… C'est un acte esthétique.

– Quoi ?!

– Comment t'expliquer ? Olga en parle si bien…

– Esthé… C'est quoi ?

– En fait, c'est la façon. Tout dépend de la façon dont on agit et pas de ce qu'on fait…

– Non, mais ça, c'est normal. Sinon, on se serait fouettés avec des orties…

– Ouais… Seulement, tu vois, Juan, Olga dit que la beauté commence là où la façon devient tout. Où seule la façon compte. On ne s'est pas fouettés pour se laver. Tu comprends ?

– Non, pas vraiment…

Samouraï se tut. Le nuage odorant de son cigare ondoya au-dessus de son baquet. Je sentis qu'il cherchait des mots pour interpréter ce qu'Olga lui avait expliqué.

– Tu vois, murmura-t-il enfin, en aspirant une bouffée, les yeux mi-clos. Elle dit, par exemple, que quand on est avec une femme, on n'a pas besoin d'avoir un sexe gros comme ça ! (Samouraï attrapa la hache et brandit sa longue poignée légèrement courbée.) Que c'est pas ça qui compte…

– Elle t'a parlé de ça ?!

– Oui… Enfin pas avec les mêmes mots.

Je me relevai sur mon banc pour mieux voir Samouraï. J'espérais qu'il allait divulguer un grand mystère.

— Mais alors, qu'est-ce qui compte quand on « fait » une femme ? demandai-je d'une voix faussement neutre pour ne pas effaroucher ses aveux.

Samouraï resta muet, puis, comme s'il était déçu d'avance par mon incompréhension, il répondit un peu sèchement :

— La consonance…

— Euh… La consonance comment ?

— La consonance de tout – de lumières, d'odeurs, de couleurs…

Il remua dans son baquet, en se tournant vers moi, et se mit à parler avec entrain :

— Olga dit que le corps d'une femme arrête le temps. Par sa beauté. Tout le monde court, s'agite… Et toi, tu vis dans cette beauté…

Il continuait à parler, d'abord par saccades, puis d'une voix de plus en plus assurée. Probablement ne comprit-il ce qu'Olga lui avait confié que lorsqu'il se mit à me l'expliquer.

Je l'écoutais distraitement. Je crus saisir l'essentiel. C'était le visage de la blonde inconnue sur la rive que je revoyais maintenant. Oui, c'était une consonance : le ruissellement de l'Oleï, sa fraîcheur, le souffle odorant du feu de bois, le silence attentif de la taïga. Et cette présence féminine intensément concentrée dans la courbe tendre du cou de la blonde inconnue que je dévisageais par-dessus la danse des flammes.

– Sinon, tu comprends, Juan, l'amour serait comme chez le bétail. Tu te souviens, l'été dernier, à la ferme…

Oui, je me souvenais. C'étaient les premières journées chaudes du printemps. Au retour de l'école, nous traversions le kolkhoze voisin. Soudain, les meuglements furieux d'une vache explosèrent dans une longue bâtisse en rondins, étable émergeant de la boue épaisse faite de neige et de fumier mélangés.

– Ils doivent l'abattre, les salauds ! lança Outkine, indigné, le visage altéré par la douleur.

Samouraï émit un bref ricanement et nous fit signe de le suivre. Nous nous approchâmes de la porte entrouverte, en retirant péniblement nos bottes de la boue collante.

À l'intérieur, dans un réduit séparé du reste de l'étable par une solide barrière en grosses planches, nous vîmes une vache rousse aux belles taches blanches sur le ventre. Ses jambes étaient entravées. Sa tête, aux cornes coupées, était attachée aux planches de la barrière. La vache remuait lourdement dans son enclos. Et sur sa croupe se hissait avec une maladresse pesante et sauvage un énorme taureau. Trois hommes, à l'aide de grosses cordes, guidaient cet assaut acharné. Dans les naseaux le taureau avait un anneau auquel était accrochée une chaîne que tenait l'un des hommes. Le taureau poussait des hurlements féroces en piétinant le sol boueux de ses pattes de derrière et en entourant des deux autres le dos de la vache. Le corps de celle-ci était soutenu par une sorte de support afin que ses jambes ne se cassent sous ce poids monstrueux.

La chose qui se dressait sous le ventre du taureau subjugua notre regard par la puissance de son tronc violacé, noduleux. Ce tronc luisant de sang sombre battait lourdement le bas de la croupe blanche de la vache. L'un des hommes lança un cri à l'intention de celui qui se tenait le plus près du taureau. Dans l'agitation et le piétinement, l'autre sembla ne pas entendre.

C'est à ce moment que le taureau poussa un râle assourdissant. Nous vîmes que l'énorme tronc sous son ventre tressaillait et propulsait un jet puissant sur la croupe blanche. Les hommes se mirent à crier. Le kolkhozien qui se trouvait le plus près empoigna alors très adroitement le tronc et le planta au bon endroit. Les deux autres continuaient à hurler et paraissaient l'apostropher pour son retard.

Toute la masse du taureau s'ébranlait dans de pesantes secousses. Les supports qui soutenaient le corps de la vache vibraient et laissaient entendre des crissements répétés. Nous voyions que la peau du taureau était parcourue de rapides frissons. Son mugissement devenait plus sourd, comme essoufflé…

La machine de l'accouplement ralentissait sa marche et les hommes qui suivaient sa mécanique poussaient déjà des soupirs de soulagement, essuyant leur front en sueur.

Dehors, sous le soleil éclatant, nous nous dirigeâmes vers Svetlaïa. Et nous sentions un pénible engourdissement dans tous nos membres. Comme après un effort surhumain ou après une longue maladie… Outkine nous regarda tous les deux avec un visage crispé et s'écria d'une voix fêlée :

— Mon oncle a raison quand il dit que l'homme est l'animal le plus cruel sur cette terre !

— Ton oncle est un poète, soupira Samouraï en souriant. Tout comme toi, Outkine. Et les poètes ont toujours peur de la vie…

— La vie ? répéta Outkine sur un ton très aigu.

Et il marcha plus vite en pointant son épaule droite vers le ciel. Son exclamation résonnerait longtemps dans ma tête.

Samouraï me regardait depuis son baquet. Visiblement, il attendait la réponse à la question que je n'avais pas entendue, tout à mes souvenirs de la machine charnelle à la ferme.

— Et Olga, elle est qui ? demandai-je pour cacher mon inattention.

– Qui apprend beaucoup, vieillit vite, répondit Samouraï avec un vague sourire.

Il se leva lentement, enjambant le bord du baquet.

– On va y aller, il est déjà tard, ajouta-t-il en me jetant ma grande serviette en lin.

Au retour, on marchait rapidement. Les corps que nous avions à présent sous nos courtes touloupes de mouton étaient de nouveau sensibles au froid, comme nos regards l'étaient à l'effrayante beauté du ciel glacé. Ce ciel ne nous aspirait plus, mais nous écrasait par son dur cristal nocturne. Le vent cinglant nous lacérait le visage.

L'isba d'Olga se trouvait à l'autre bout du village. Avant de me quitter, Samouraï s'arrêta et dit d'une voix un peu tendue à cause des lèvres gelées :

– Elle pense que l'essentiel c'est de réussir sa mort. Que l'homme qui rêve d'une belle mort aura aussi une vie extraordinaire. Mais ça, je ne l'ai pas encore compris comme il faut…

– Et qui peut réussir sa mort ? demandai-je en décollant mes lèvres avec effort.

Samouraï, qui s'était déjà détourné et éloigné à quelques pas, lança dans le vent glacé :

– Le guerrier !

5

Ce train était un fantôme, un rêve, un extraterrestre. Le temps qui coulait paisiblement dans la maisonnette d'aiguilleur calquait ses rythmes sur son fulgurant passage. Chaque soir.

La petite isba où ma tante passait vingt-quatre heures de service était blottie entre la taïga qui surplombait son toit et les rails. Pour s'y rendre, il fallait marcher trois bonnes heures. Mais ma tante s'arrangeait avec les transporteurs du bois qui traversaient le village au petit matin. Ils l'emmenaient jusqu'au Tournant du Diable, là où la route bifurquait. C'était déjà ça de pris. Il ne lui restait plus qu'une heure de marche…

Le confort de cette petite bicoque avait ce je ne sais quoi d'éphémère qu'on trouve toujours dans les habitations où l'on n'est pas vraiment chez soi. Un lit de fer étroit. Une table recouverte d'une toile cirée aux dessins depuis longtemps effacés. Un poêle en fonte. Quelques cartes postales accrochées à la manière d'une iconostase au-dessus du lit.

L'objet le plus important dans cette pièce étroite était une pendule ronde. Sa surface fléchée avait fini par acquérir une physionomie vivante. Nous lisions sur cette face familière tous les horaires et retards, en attachant à chaque heure, à chaque train une expression différente. Dans cette mimique, il y avait un reflet que j'aimais particulièrement quand il m'arrivait de venir passer la soirée avec ma tante.

C'était le moment du crépuscule. Le soleil avait parcouru sa trajectoire basse de l'hiver, en rasant les pointes noires des sapins. À présent, il dormait à l'autre bout de la voie ferrée, du côté de la ville, du côté de l'ouest. Je sortais, je voyais le double tracé des rails scintillant sous le givre et teinté de rayons roses. Le brouillard s'épaississait. La lumière mauve au-dessus des rails enneigés s'éteignait.

J'entrais dans l'isba, j'entendais le sifflement paisible de la grande bouilloire sur le poêle, je voyais ma tante préparer le dîner : quelques pommes de terre, du lard glacé qu'elle venait de retirer d'un petit cagibi accolé à l'isba – notre frigo –, du thé avec des biscuits au pavot… Le bleu, derrière la petite fenêtre tapissée d'arabesques de glace, virait lentement au violet, puis au noir.

Dès la dernière tasse de thé nous commencions à jeter des coups d'œil sur le visage de l'horloge. Nous le sentions déjà venir, ce train, qui serpentait quelque part au fond de la taïga endormie.

Nous sortions bien à l'avance. Et dans le silence du soir nous l'entendions approcher. D'abord, une lointaine rumeur qui surgissait, semblait-il, des profondeurs de la terre. Ensuite, le bruit mat d'une chapka de neige tombant du sommet d'un sapin. Enfin, un tambourinement de plus en plus sonore, de plus en plus insistant.

Quand il apparaissait, je n'avais plus d'yeux que pour la sarabande lumineuse des wagons. Et la locomotive – la vraie, l'ancienne – avec d'énormes roues peintes en rouge et des bielles étincelantes. Elle ressemblait à un monstre noir couvert de givre floconneux. Et, sur son poitrail, une large étoile rouge! Ce bolide nocturne poussait un rugissement sauvage et nous faisait reculer de quelques pas par son souffle puissant. Ma tante agitait son lampion, et moi, j'ouvrais les yeux tout grand.

Le confort calfeutré que je devinais derrière les vitres éclairées me fascinait. Quels êtres mystérieux abritait-il? Je parvenais de temps en temps à fixer une silhouette féminine, un couple assis derrière une petite table avec deux verres de thé. Parfois même une ombre étendue sur sa couchette. Mais les instantanés réussis étaient bien rares. Le givre épais ou un rideau tiré rendaient mon observation impossible. Pourtant, une silhouette entrevue me suffisait amplement...

Je savais qu'il y avait dans ce train un wagon spécial portant les inscriptions en trois langues étrangères : *Wagon-lit – Schlafwagen – Vagoni-letti.* C'est dans ces wagons que les extraterrestres qu'étaient pour nous les Occidentaux traversaient l'Empire.

J'imaginais une femme qui occupait son comparti- ment déjà depuis un jour et qui allait y passer encore toute une semaine ! Je reconstituais mentalement son long voyage : Baïkal, Oural, Volga, Moscou... Comme j'aurais voulu être à côté de cette voyageuse inconnue ! Me retrouver dans l'espace chaleureux et exigu du compartiment où l'on est assis si près l'un de l'autre que chaque geste, chaque regard acquièrent, surtout à l'approche de la nuit, une signification amoureuse. Et la nuit dans les tangages rythmiques du wagon est longue, si longue...

Mais déjà, la bourrasque de neige provoquée par l'envolée de ce train fabuleux se calmait et on n'aper- cevait dans le brouillard froid au-dessus des rails que deux feux rouges qui s'estompaient à vue d'œil...

Ce fut par un après-midi gris de février que je revins voir ma tante dans l'isba d'aiguilleur. Déjà, sur le che- min à travers la taïga, j'avais remarqué une étrange langueur répandue dans l'air. Les lointains bleutés étaient brumeux, mais cette brume ne scintillait pas comme le brouillard des grands froids. Elle tamisait l'éclat des neiges, fondait les contours. La taïga ne paraissait plus figée comme un bloc de glace strié par les traits noirs des sapins. Non, elle vivait de chaque arbre, en attente d'un signe, se remettant déjà de la longue immobilité hivernale.

Sur les branches du sapin qui touchaient le toit de la maisonnette, je vis deux corneilles. Elles semblaient se parler en poussant leurs cris gutturaux. Et dans ces cris, on entendait aussi une lassitude molle, langoureuse. Leurs voix ne résonnaient pas comme au plein cœur de l'hiver, mais planaient dans l'agréable tiédeur de l'air, réveillant de temps en temps un écho paresseux.

– On va avoir un de ces redoux ! me dit ma tante quand j'apparus sur le seuil. Et puis, s'il commence à neiger, ce n'est pas ce soir que ça va s'arrêter…

Cette langueur brumeuse de la nature m'était, ce jour-là, étrangement proche. Depuis plusieurs semaines déjà, je portais en moi – plutôt dans le cœur que dans la tête – un malaise bizarre. Sa présence était si neuve pour moi que je l'éprouvais très matériellement, je pouvais presque la palper, comme la boîte d'allumettes dans ma poche. Mais sa raison m'échappait.

Il me semblait parfois que tout avait commencé le soir de notre bain quand Samouraï parlait de la beauté du corps féminin qui, selon lui, arrêtait le temps... L'odeur de son cigare éveillait désormais en moi une singulière nostalgie. Celle, la plus terrible, des lieux et des visages qu'on n'a jamais vus et qu'on regrette pourtant comme perdus à jamais. Jeune sauvage, je ne pouvais pas savoir qu'il s'agissait tout simplement de l'amour qui n'avait pas encore trouvé son objet. Ce qui lui donnait une intensité violente, mais aveugle. Oui, tout à l'heure, je faillis courir derrière les corneilles qui s'envolaient lentement pour me fondre dans la paresse lascive de leurs appels gutturaux. Je sentais que déjà la nature préparait instinctivement sa messe amoureuse de printemps. Je désirais y prendre part en me livrant tout entier... Mais à qui ?

J'en voulais à Samouraï d'avoir évoqué toutes ces choses graves – l'amour, la vie, la mort – d'une façon qui m'était incompréhensible, raisonneuse, livresque. J'étais habitué à penser la vie très concrètement. L'amour – et je voyais la courbe gracieuse du corps de la belle inconnue derrière le feu de bois. La vie – et je revoyais le vivant défilé des visages qui gravitaient autour des trois pôles de notre univers : taïga, or, camp. La mort – un camion plongeait lentement sous la glace dans une longue trouée à l'endroit maudit du Tournant du Diable. Et aussi ce loup, grand et beau, que les bûcherons avaient abattu puis jeté de leur tracteur près de l'isba de Verbine, en lui criant : « Fais-toi une bonne chapka, vieux ! » Le loup était déjà figé, les pattes dures, inertes. Et au coin de son œil hautain, une grosse larme gelée…

J'aurais bien voulu ne percevoir la vie que comme ça, dans toute sa joie et dans toute sa douleur, immédiates, irréfléchies. Samouraï, avec ses questions sans réponses, me mettait mal à l'aise.

L'attente du train de nuit me parut stupide. Oui, les yeux écarquillés, le cœur palpitant, attendre ce fameux Transsibérien pour entrevoir une ombre qui ne se doutait même pas de mon existence, quelle bêtise ! Et combien il y avait déjà eu de ces silhouettes féminines dont j'étais tombé amoureux en les accompagnant dans leur voyage à travers l'Empire ? Sans savoir si à côté de mes belles inconnues ronflaient tranquillement leurs maris ?

Je me sentais déçu, dupé, presque trahi par mon Occidentale noctambule.

Dehors, dans l'air gris, voltigeaient les gros flocons duveteux que tout avait prédit. La percée au-dessus des rails était tissée de leurs filaments blancs.

Je m'approchais de ma tante qui frottait avec un torchon imbibé d'huile les écrous de l'aiguillage.

— Je vais y aller, lui dis-je en empoignant le levier.

– Qu'est-ce qui te prend ? Sans dîner ? À la nuit tombante ?

– Non, j'ai regardé, il est six heures et demie seulement…

– Mais tu ne seras pas arrivé au Tournant du Diable qu'il fera déjà nuit… Et puis, regarde un peu le ciel : dans une heure ça sera une vraie tempête.

Elle voulait à tout prix me retenir. Pressentait-elle déjà quelque chose avec son intuition aiguisée de femme solitaire et malheureuse ? Elle évoqua toutes les raisons possibles.

– Et les loups ? Tu sais, on n'est pas en automne quand ils ont le ventre bourré…

– J'ai ma pique… Et de quoi allumer une torche.

Enfin, elle parla de la tentation qu'elle croyait irrésistible.

– Tu ne veux même pas attendre le Transsibérien ?

– Non, pas aujourd'hui, répondis-je, après une brève hésitation. D'ailleurs, s'il commence à neiger comme il faut, le train aura un sacré retard.

– Ça, c'est vrai, acquiesça-t-elle en voyant que rien ne pouvait me retenir.

Elle glissa dans ma poche quelques biscuits au pavot, me tendit une autre boîte d'allumettes – à tout hasard.

J'empoignais ma pique – un long bâton avec une pointe d'acier. Je fis un signe d'adieu à ma tante. Et je m'en allai en longeant les rails, au-devant de ce train qui emmenait, dans l'un de ses compartiments, l'inconnue de mes rêves. Elle ne savait pas encore que notre rendez-vous serait manqué...

Les remparts crénelés de la taïga gardaient leur expression d'abandon heureux, de paresse amollie. Le rideau de plumes neigeuses ensorcelait le regard par son ondoiement muet. Le début d'une soirée terne et tiède... Je sentais avec une telle intensité sa beauté et son attente éveillée !

Dans chaque mouvement d'air la femme était présente. La nature était femme ! Avec ce vertige enivrant des gros flocons qui me caressaient le visage. Avec les longs cris langoureux des choucas qui saluaient le redoux. Avec la couleur fauve plus vive des troncs de pin sous le lustre humide du givre fondu.

La neige molle, les cris d'oiseaux, l'écorce rouge mouillée, tout était femme. Et, ne sachant comment exprimer mon désir d'elle, je poussai soudain un terrible rugissement bestial.

Et j'écoutai, en respirant lourdement, son long écho pénétrer dans la tiédeur silencieuse de l'air, dans les profondeurs secrètes de la taïga...

Je longeai, un moment, la voie ferrée, en marchant sur les traverses. Puis, quand les rails furent recouverts d'une neige toujours plus épaisse, j'attachai mes raquettes et m'engouffrai dans la forêt. Pour raccourcir. Je décidai d'aller à Kajdaï. Je ne pouvais plus attendre. Il me fallait tout de suite comprendre qui j'étais. Faire quelque chose avec moi-même. Me donner une forme. Me transformer, me refondre. M'essayer. Et surtout découvrir l'amour. Devancer la belle passagère, cette fulgurante Occidentale du Transsibérien. Oui, avant le passage du train, je devrais me greffer dans le cœur et dans le corps ce mystérieux organe : l'amour.

6

La ville, plongée dans son morne quotidien d'hiver, semblait peu disposée à partager mon exaltation. Ses rues tressaillaient lourdement au passage d'énormes camions chargés de longues grumes de cèdre. Les hommes apparaissaient sur le seuil de l'unique magasin de vins en plongeant les bouteilles au fond de leurs touloupes. Les femmes, les bras alourdis de filets de provisions, marchaient d'un pas pesant, blindées dans l'armure de leurs manteaux épais. Le vent qui soufflait de plus en plus fort criblait leurs visages de cristaux de neige. Elles n'avaient pas de main libre pour s'essuyer. Il leur fallait incliner le front et, de temps à autre, souffler bruyamment en secouant la tête, comme font les chevaux qui veulent chasser les frelons. Entre les hommes, pressés d'effacer la trace d'une pénible journée dans une gorgée de vodka, et les femmes qui avançaient comme des brise-glace dans l'ouragan de neige, aucun lien pensable. Deux races étrangères. En plus, le vent avait dû provoquer une panne d'électricité. Tantôt l'un, tantôt l'autre côté de la rue plongeait dans l'obscurité. Les femmes accéléraient le pas en serrant les poignées de leurs sacs. Elles se ressemblaient tellement les unes les autres qu'au bout d'un moment je crus reconnaître les mêmes visages, comme si, s'égarant, elles tournaient en rond dans cette ville noire…

Je passais moi aussi un bon quart d'heure à errer sous les rafales blanches. Je n'osais pas m'approcher de l'endroit où tout allait se jouer : cette aile déserte de la gare. Là où l'on pouvait rencontrer celle que je cherchais. Je savais déjà comment il fallait faire. Nous l'avions vu un jour avec Samouraï. Elle était assise au bout d'une rangée de sièges bas en contreplaqué verni, dans cette annexe de la salle d'attente où personne n'attendait jamais personne. Il y avait aussi un buffet où une vendeuse sommeillait en déplaçant les tasses et les sandwichs aux tranches de fromage racornies. Et un kiosque à journaux aux présentoirs poussiéreux, toujours fermé. Et cette femme qui se levait de temps à autre, s'approchait du tableau des horaires et le scrutait avec une attention exagérée. Comme si elle cherchait quelque train connu d'elle seule. Puis elle allait se rasseoir.

Nous avions vu que l'homme qui s'était assis sur le siège voisin lui avait montré un billet de cinq roubles froissé. Nous étions devant le kiosque et nous faisions semblant d'examiner avec intérêt les couvertures de revues vieilles de plusieurs mois. Nous avions entendu leur chuchotement bref. Nous les avions vus partir. Elle avait les cheveux d'un roux éteint, recouverts d'un fichu de laine ajouré...

C'est elle que je vis dans la petite salle d'attente déserte. Je traversai cet espace sonore à pas tendus, en marquant sur les dalles glissantes les traces de mes bottes. Elle était là, sur son siège. Mon regard effarouché ne retint que la couleur de ses cheveux. Et le contour de son manteau d'automne déboutonné sur un collier à deux rangées de perles rouges.

Je m'approchai du kiosque fermé, j'examinai la photo des deux derniers cosmonautes, leurs sourires radieux, puis le visage lisse de Brejnev sur une autre couverture. On n'entendait ici que le grincement de la porte dans le grand hall à côté, et le tintement des verres que la vendeuse somnambulique rangeait dans son buffet.

Je regardais sans les voir les visages lustrés des cosmonautes, mais tous mes sens, comme les antennes d'un insecte, exploraient ce lien ténébreux en train de se tisser entre moi et la femme rousse. L'air terne de cette salle d'attente semblait tout imprégné de l'invisible matière formée par nos deux présences. Le silence de cette femme derrière mon dos. Son attention factice aux annonces sourdes du haut-parleur. Sa vraie attente. Son corps sous le manteau marron. Le corps dans lequel s'instillait déjà mon désir. La présence d'une femme que j'allais posséder et qui ne le savait pas encore. Et qui était pour moi un être singulier et terrifiant dans cet univers de neige…

Je me détachai avec effort du présentoir de journaux, fis quelques pas dans sa direction. Mais, involontairement, ma trajectoire s'incurva et, contournant les sièges, me repoussa vers le grand hall. Le cœur haletant, je me retrouvai devant le tableau des horaires. Le Transsibérien y était marqué en grandes lettres, et quelques trains locaux en plus petites.

Je ressentis soudain un minuscule reflet de cette infinie tristesse que la prostituée rousse devait éprouver chaque soir devant ce tableau. Les villes, les heures. Départs, arrivées. Et toujours cette unique voie 1. Oui, ces étranges trains qu'elle semblait manquer durant des semaines et des semaines. Et pourtant, elle se levait souvent, et consultait les horaires avec tant d'attention. Elle tendait l'oreille à chaque mot du haut-parleur enroué. Mais le train repartait sans elle…

Debout devant le tableau, je rassemblai mes forces avant de franchir le seuil de la petite salle. Je vérifiai si ma chapka était bien posée sur ma tête – de manière « adulte », inclinée vers une oreille et laissant échapper quelques boucles au-dessus des tempes. À la cosaque. Je tâtai dans ma poche le billet devenu moite sous ma paume en feu. Comme par malheur, je n'avais pas de billet de cinq roubles, mais un de trois enroulé autour de deux roubles en métal, je me disais que la rousse risquait de ne voir que cette boule verdâtre de trois roubles et me chasser d'un petit rire méprisant. Mais je ne pouvais pas non plus étaler devant elle tout mon trésor ! Quant à essayer de l'échanger contre un seul billet, c'eût été me trahir tout de suite : n'importe quelle vendeuse aurait facilement deviné, pensais-je, à quel tarif correspondaient ces cinq roubles fatals.

Dans ma courte touloupe serrée à la taille par une ceinture de soldat – en cuir épais, avec une boucle en bronze portant une étoile bien astiquée – je ressemblais à n'importe quel jeune bûcheron. Mon âge devenait invisible sous cet accoutrement commun à tous les hommes du pays. En plus, j'avais des yeux de loup, gris, légèrement tirés vers les tempes. Ceux des enfants qui naissent avec des yeux d'adulte…

Je jetai le dernier regard sur l'heure du départ de quelque train inutile. Je me retournai. La porte vitrée de la petite salle concentra dans sa poignée toute mon angoisse et toute la fureur de mon désir. Derrière elle, un espace rempli à ras bord par le scintillement vermeil de son collier…

Je tirai la poignée. J'allai, cette fois sans détour, vers la femme rousse… J'étais à deux pas d'elle quand la lumière s'éteignit… Il y eut quelques criaillements apeurés de passagers dans le grand hall, quelques jurons, le piétinement d'un employé balayant l'obscurité de sa lampe.

Nous nous retrouvâmes sur le quai, elle et moi, sous les vagues blanches de la tempête. C'était le seul endroit plus ou moins éclairé. Par les feux du Transsibérien qui, s'étirant pesamment, se déversait dans la gare. Essoufflée et toute couverte de neige, la locomotive perça par son projecteur une longue colonne lumineuse dans la tourmente blanche. Les fenêtres des wagons jetèrent sur le quai des rectangles d'une lumière douce. Les tourbillons neigeux se ruèrent sur ces rectangles jaunes comme des papillons de nuit sur le halo d'un réverbère.

Déjà, les rares passagers qui devaient prendre le train à cette gare étaient montés dans leurs wagons.

Déjà, ceux qui devaient descendre s'étaient noyés dans la tempête, dans les ruelles courbes de Kajdaï… Nous restions seuls, elle et moi. Voyageurs sans bagages, prêts à sauter sur le marchepied en entendant le sifflet ? Ou parents improbables décidés à attendre jusqu'au bout ? Jusqu'au tout dernier reflet du visage d'un proche emporté dans la nuit ?

Nous sentions dans notre dos le regard du redoutable milicien Sorokine qui, le nez enfoui dans le large col de sa touloupe, faisait les cent pas sur le quai enneigé. Lui aussi attendait le sifflet du départ. Il semblait hésiter : aller coincer la Rousse et lui extorquer trois roubles, son impôt habituel, ou bien épingler ce jeune paysan, moi, le traîner dans un petit bureau enfumé pour s'amuser, un bout de nuit, à lui faire peur. Ce qui déconcertait cet homme obtus, engourdi, c'était notre couple. Conscients de la présence menaçante de ce gardien de la paix verreux, nous nous étions peu à peu rapprochés l'un de l'autre. À deux, nous devenions étrangement inattaquables. C'était surtout moi qui la protégeais. Oui, je protégeais cette grande femme vêtue d'un manteau d'automne qui lui cachait à peine les genoux. La main sur la boucle de la ceinture, je bombais la poitrine, en fixant le carré lumineux de la fenêtre qu'elle fixait, elle aussi. Le milicien ne parvenait pas à nous dissocier : et si ce jeune villageois était quelque neveu ou cousin de la Rousse ?

La neige fraîche gardait l'empreinte de nos pas qui se rapprochaient imperceptiblement. Et derrière la fenêtre, dans un compartiment calfeutré, se laissait deviner une silhouette féminine. Les gestes calmes du soir. Le grand verre de thé chaud sur lequel on doit souffler longuement, le regard perdu dans cette tempête blanche qui fait crisser la vitre. Ce regard s'arrête distraitement sur deux ombres diffuses au milieu du quai désert. Qu'est-ce qu'elles peuvent bien attendre là ?

Le train, éveillé par le sifflet, s'ébranla et retira sous nos pieds le carré éclairé. La gare était toujours plongée dans l'obscurité. Notre couple n'avait plus que quelques instants à vivre…

C'est dans la lumière du tout dernier wagon que, brusquement, je retirai mes cinq roubles. Elle vit mon geste, eut un sourire un peu dédaigneux (sans doute avait-elle deviné le sens de mes allées et venues dans la salle d'attente) et inclina légèrement la tête. Je ne savais pas s'il s'agissait d'un refus ou d'une invite. Je la suivis quand même.

Nous marchâmes longtemps à travers les étroits sentiers, le long des haies recouvertes de neige. La tempête avait déjà déployé ses ailes en toute liberté et nous frappait au visage à toute volée, nous coupant le souffle. Je marchais derrière la femme rousse qui retenait d'une main le fichu de laine noué sous son

menton et rabattait de l'autre les pans de son manteau. Je voyais ses jambes qui se découvraient par
moments et je ne comprenais plus rien, assourdi
par le sifflement du vent, exténué par l'acuité du
désir. «Où allons-nous? disait en moi une voix
sourde, étrange. Et quel sens caché ont ces jambes
très fortes, avec le début des cuisses pleines, et ces
gros mollets serrés dans des bottes de cuir? Et ce
corps en manteau trop léger? Qu'est-ce qui le lie
à moi? Ce corps sous sa mince enveloppe de tissu, sa
chaleur que je sentais déjà profondément pénétrée en
moi... Pourquoi cette densité chaude et vivante sous
ce ciel froid, au milieu des rues mortes?»

Nous piétinâmes longtemps à travers la ville noire et
blanche, avançant dans la tempête, contre les rafales,
ensommeillés: le crissement des pas, le chuchotement
du vent qui glisse sous la fourrure de la chapka et
murmure à l'oreille la plainte des flocons fondant sur
le visage... À un moment, je sentis voler dans le vent
l'odeur du cèdre brûlé, l'odeur du feu. Je levai la tête,
je regardai la femme qui marchait devant moi. D'un
regard tout autre. Il me sembla soudain qu'elle m'amenait dans une maison qui m'attendait depuis longtemps, et qui était ma vraie maison, et que cette
femme m'était l'être le plus proche. Un être que je
retrouvais miraculeusement sous cette tempête de
neige.

C'était une isba au bout de la bourgade, une bâtisse tapie au fond d'une courette enneigée. La femme rousse – qui ne m'avait pas adressé un mot depuis la gare – sourit tout à coup et lança d'un ton presque joyeux, en montant sur le perron en bois :

– Nous voilà arrivés. Bienvenue au marin !

Cette voix eut une étrange résonance à cette frontière entre la fureur blanche de la tempête et l'intérieur noir de l'isba. Une réplique de quelque rituel qu'elle se mettait à exécuter, une fois la frontière franchie. C'est là où je devenais son homme, son client.

Nous traversâmes l'entrée sombre, montâmes quelques marches qui émirent un grincement sous nos pas. Elle poussa la porte, tapota sur le mur en cherchant l'interrupteur, appuya dessus à plusieurs reprises. Puis poussa un ricanement enjoué :

– Ah, la sotte ! Toute la ville joue à colin-maillard et moi, vas-y, tourne, dynamo !

Je l'entendis ouvrir un tiroir, craquer une allumette. La pièce s'éclaira du halo diffus d'une bougie. Ce fut sans doute cette flamme vacillante qui brisa ma vue. Les gestes, les mots, les odeurs se mirent à se détacher de l'obscurité tremblante. Un à un, sans suite. Ils jetaient des ombres de gestes, de mots, d'odeurs.

Son profil se découpa sur le mur – noir sur jaune – et le verre dont elle renversait le contenu brun entre ses lèvres qui absorbaient avidement. Elle remplit le même verre, me le tendit. Je reconnus la boisson locale : l'alcool mélangé à la confiture de canneberge. Il pénétrait en moi comme l'une des ombres qui glissaient sur le mur nu de l'isba. Il brûlait, m'écorchait le palais, m'emplissait d'obscurité. Comme avant, je ne voyais que les fragments. La bougie était restée dans la pièce voisine, et ces morceaux s'éteignaient, devenaient mats. Tout se brisait. Un éclat : son torse surgissant devant mes yeux dans sa blancheur forte, effrayante. (On n'imagine jamais à quel point ça peut être large !) La blancheur teintée d'ombre jaune. Cette tache claire se noya aussitôt dans l'obscurité qui explosa en faisant jaillir les grincements métalliques du lit. Un autre fragment : sa main, grande, rouge, qui tirait la couverture sur mon épaule nue. Avec une sollicitude et une insistance absurdes. Et puis, une statuette de faïence sur l'étagère près du lit : une ballerine élancée avec son partenaire. Je vis soudain très près leurs visages lisses, leurs yeux immobiles.

Et tout ce qui se passa au creux de ce lit, sentant la fumée froide et le parfum sucré, n'était que les tentatives saccadées et vaines de rassembler ces éclats.

Par hasard, par crainte de ne pas faire ce qu'un homme devait faire, j'attrapai un sein, lourd, froid. Il ne répondait pas à l'étreinte des doigts. Je le relâchai, comme on repose dans l'herbe un oiseau mort. J'essayai d'écraser de tout mon poids ce corps qui se dispersait dans l'ombre, de le retenir dans l'unité du désir. Mon visage se noya dans les boucles rousses. Et je tombai de nouveau sur un fragment à part – les gouttes de neige fondue dans ses cheveux. Et une boucle d'oreille, toute simple, usée, qui glissa vers mes lèvres…

J'avais cru que l'amour aurait l'intensité de notre plongeon nocturne dans la neige, Samouraï et moi, sous le ciel glacé. Cet instant unique où le feu du bain et le froid des étoiles donnaient naissance à une fusion fulgurante. J'avais cru qu'il n'y aurait rien à toucher, à palper, à reconnaître, car tout serait un toucher brûlant. Que je serais tout entier, de l'extérieur et de l'intérieur, l'organe de cet indicible toucher…

La prostituée rousse dut deviner mon embarras. Elle écarta pesamment ses jambes en me laissant glisser dans son aine. Son corps se rassembla, se tendit. Sa main pénétra sous mon ventre, m'attrapa, me plongea en elle. Avec un geste précis, habile. Elle semblait m'accorder, me brancher à sa chair… Et, se cabrant légèrement, elle me secoua, me poussa à l'action.

Je me tortillai entre ses grosses cuisses. Je m'accrochai à ses seins qui se livraient avec une résignation molle, paresseuse. Mon ventre semblait élargir sous le sien une grande plaie gluante, chaude.

La matière de l'amour était donc telle : glissante, visqueuse. Et les amants, pesants, essoufflés. C'était comme si chacun, péniblement, tirait le corps de l'autre... Mais où ?

Tout cela je ne le compris que plus tard. Je le revis après, quand, me courbant sous les rafales, je courais en me sauvant de ce lit au fond vaseux, et de cette isba sentant la fumée froide. Ma joue brûlait des deux terribles gifles. La prostituée rousse m'avait frappé avec une exclamation rauque, avec un regard haineux.

Je courais vers le grand pont qui s'élançait au-dessus de l'Oleï. Je m'enfonçais dans le déferlement blanc sans réfléchir à ce que j'allais faire. Tout était trop clair pour y penser. Clair comme l'abîme blanc qui s'ouvrirait à mes pieds, sur le sommet du pont. C'est dans cet abîme qu'il faudrait fuir le regard de la femme rousse. Son regard et cet horrible gâchis qu'était l'amour. Enjamber la rampe et se sauver de la vision qui se précisait peu à peu dans ma tête...

Cette vision surgit lorsque, au milieu de mes agitations fébriles sur son grand corps, la lumière brilla. Absurdement, le courant revint. Une grande ampoule figea la chambre dans une stupéfaction livide. La prostituée rousse plissa les paupières, le visage crispé dans une grimace de dégoût. Je regardais ce large visage. Ce masque fortement maquillé. Ce fard fatigué. Ces pores brillants. Je le sentais sans défense sous cette lumière crue. Piégé par cet idiot retour du courant. Mais moi aussi j'étais pris au piège. Je ne pouvais pas détourner le regard. Le masque l'immobilisait. Je me débattais à quelques centimètres de cette grimace douloureuse. J'eus une étrange pitié de ce visage, et c'est à ce moment que le désir éclata.

Je ne savais pas si ce que j'éprouvais était peur, pitié, amour ou dégoût. Il y avait ce visage avec sa grimace touchante, ces lèvres rouges au souffle douceâtre d'alcool, ces cheveux d'un roux sombre pailletés de gouttes... Et ce spasme violent tordant mon ventre – cette réplique déformée de notre extase nocturne dans la neige sur la rive de l'Oleï.

Je pus juste entrevoir l'éclat du ciel noir empli de constellations... La prostituée rousse laissa retomber ses cuisses, me repoussa légèrement pour se libérer. Elle me débranchait de son corps...

Il n'y avait pas la chaleur humide du bain où j'aurais pu me remettre. Pas l'odeur grisante du cigare de Samouraï. Une lumière impitoyable, à la blancheur sèche et farineuse. Je vis la femme rousse se lever, se mettre debout au milieu de la chambre. Sa nudité m'effraya. Surtout vue de dos. J'espérais qu'elle allait éteindre. Mais elle se mit à se rhabiller. Son corps s'exécutait avec peine, se balançant maladroitement tantôt sur une jambe, tantôt sur l'autre. Je voyais de temps en temps son profil incliné vers les vêtements qu'elle boutonnait. Ses lèvres remuaient lentement, comme si elle s'adressait à elle-même des paroles silencieuses. Ses paupières étaient lourdes, ensommeillées. L'effet de l'alcool devait la gagner de plus en plus.

Enfin, elle se retourna, probablement pour m'inciter à me dépêcher. Nos regards se croisèrent. Ses yeux s'arrondirent. Elle me vit! Ses lèvres tremblèrent. En portant sa grosse main à la bouche, elle réprima un cri. On n'entendit qu'une sorte d'étranglement sourd.

Laissant son chemisier à moitié déboutonné, elle se jeta vers une petite armoire, l'ouvrit d'un geste violent, en tira une bouteille. Puis, sans me donner la moindre explication, elle s'assit sur le bord du lit, à côté de moi, et rejeta la couverture. Je n'eus pas le temps de réagir. Elle se versa dans le creux de la paume ce que je crus de l'eau et se mit à me frotter fortement le sexe et le bas-ventre. Interdit, je me laissai faire. Le frottement me brûlait la peau. L'eau se révéla être de l'alcool... De temps à autre la femme me jetait un regard que je ne savais pas comprendre. Il était à la fois douloureux et attendri. Comme celui que je remarquais chez la mère d'Outkine quand elle voyait son fils clopiner à travers la cour.

D'ailleurs, il n'y avait plus rien à comprendre. Ce que je vivais ne se prêtait tout simplement pas à la pensée. La brûlure de l'alcool, incompréhensible elle aussi, était plutôt bienvenue : elle répondait à l'ivresse qui envahissait lentement chaque recoin de mon être.

C'est cette ivresse qui me libéra de tout étonnement. Ce qui m'arrivait devenait absurdement naturel. Et cette femme rousse qui, avant de ranger la bouteille, se remplissait un verre aux bords maculés de son rouge à lèvres. Et la lumière qui soudain s'éteignait de nouveau. Et ce paquet de vieilles photos qu'elle apportait en même temps que la bougie...

Tout était naturel. Cette grande femme au chemisier déboutonné, assise à côté de moi et qui étalait sur la couverture ces clichés noir et blanc. Elle pleurait silencieusement et chuchotait des explications que je n'entendais pas. Je ne voyais pas les photos, je vivais leurs images ternies. C'était presque toujours une femme jeune et souriante qui se protégeait les yeux du soleil. Elle tenait dans les bras un enfant qui lui ressemblait. Parfois, à côté d'eux, apparaissait un homme habillé d'un pantalon large et d'une chemise au col ouvert que plus personne ne portait depuis longtemps. Et je respirais l'air de ces journées inconnues que je reconnaissais dans la lumière vacillante de la bougie.

Un bout de rivière, l'ombre d'une forêt. Leurs regards, leurs sourires. Leur complicité de famille. Malgré moi, je vivais cette joie des gens étrangers.

Les commentaires que la femme rousse me donnait à travers ses larmes silencieuses évoquaient toujours cet été paradisiaque. Et puis la fatale dispersion de la chaleur concentrée sur ces clichés jaunis. Quelqu'un était parti, disparu, mort. Et le soleil qui obligeait la jeune femme à plisser les yeux sur les photos s'était transformé en ce halo trompeur des trains de nuit à la gare enneigée de Kajdaï…

La bordure des photos était ouvragée. Celui qui l'avait découpée devait rêver à cette longue histoire de famille qu'elles allaient évoquer un jour, rassemblées dans un album. Je prenais un cliché, je caressais ce bord façonné, je sentais sur mon visage le vent des journées ensoleillées, j'entendais le rire de la jeune femme, les criaillements de l'enfant…

La flamme de la bougie s'étirait, palpitait, la tempête se débattait bruyamment dans la cheminée, le feu ravivé embaumait l'obscurité de senteurs chaudes, pénétrantes. L'ivresse détacha cet instant de ce qui l'avait précédé. L'isba de la femme rousse devenait ma maison retrouvée. Et cette femme assise à côté de moi était un être proche dont je mesurais désormais l'absence…

Quand les photos furent épuisées, la femme essaya de me sourire à travers la brume des larmes. En fermant les yeux, elle s'inclina vers moi. D'une main hésitante j'effleurai son épaule. Tout se mélangea dans ma jeune tête avinée. La femme était ce corps, et cette soirée de tempête, et cet instant à l'odeur du feu… Et cet être retrouvé. J'eus envie de m'accrocher à elle, de vivre à l'ombre de son corps, au rythme de ses soupirs silencieux. De ne pas quitter cet instant.

Elle toucha mon front de son menton. Mes mains frôlèrent le col de son chemisier, touchèrent à ses seins. Je fermai les yeux…

Elle me repoussa avec violence. J'aperçus sur le mur le va-et-vient d'une ombre rapide. Ma tête tressaillit de deux claques sonores. Je revenais à moi.

Elle se tenait debout, le visage fermé, dur.

– Je… Ça… balbutiai-je, complètement perdu.

– Fous-moi vite le camp, petit salaud! dit-elle d'une voix fatiguée, écœurée.

Et, d'une brassée, elle me jeta mes vêtements.

Si je ne me jetai pas tout de suite dans l'abîme blanc, c'est qu'en arrivant au sommet du pont je constatai qu'il n'y avait plus de moi. Il n'y avait plus personne à précipiter vers la rivière gelée.

Il existait bien une ombre d'autrefois – cet adolescent qui captait avidement tout récit sur l'amour, ce guetteur de confidences sexuelles lâchées par les gros bûcherons dans la cantine d'ouvriers. Une ombre méconnaissable.

Il y avait cet autre qui, quelques instants auparavant, se débattait entre les cuisses d'une femme inconnue, les yeux fixés sur son visage écrasé par la lumière impitoyable. C'était aussi un étranger.

Quant à celui qui venait de découvrir les vieilles photos, c'était un être que je n'avais jamais rencontré en moi…

Je me retrouvai sur le pont avec quelques loques de moi qui se dispersaient dans l'obscurité fouettée par la neige. Le vent était si violent qu'il semblait vider mon corps de toute la chaleur de ma courte touloupe. Je ne sentais plus mes lèvres, ni mes joues recouvertes d'une plaque de cristaux. Je n'étais plus.

Le malheur, et aussi la folie, ont leur propre logique…

C'est suivant cette logique que le pont s'éclaira subitement. Les phares d'un camion attardé, intempestif, fortuit, fou. Le chauffeur aurait dû traverser le pont à toute vitesse et disparaître en poursuivant son objectif obscur. Mais il freina brusquement. Car, justement, il n'avait pas d'objectif. Outre cette course absurde à travers la tempête. Tout simplement il était ivre. Ivre et triste. Comme cette bagarre à laquelle il venait de participer sur le perron du magasin de vins, sous un réverbère terne. La lumière s'était éteinte, et il ne pouvait même pas frapper celui qui lui avait incisé la joue avec un tesson de bouteille. On s'était dispersé dans l'obscurité en jurant…

Maintenant, il fallait surtout ne pas s'arrêter. Les deux taches jaunes des phares étaient l'unique source de lumière, et le ronflement du moteur l'unique réserve de chaleur. Oui, les battements de son cœur ivre et ce moteur. L'univers tout entier était noir malgré la neige.

Et s'il s'arrêta soudainement au sommet du pont, c'est parce qu'il avait dû capter la présence d'une minuscule parcelle de vie dans ce défilé glacial. Il vit une ombre figée derrière la rampe, agrippée à sa barre en fonte. Ombre qui semblait attendre l'extinction finale de cette dernière étincelle. Quand les doigts transis se relâcheraient…

Ou peut-être, tout simplement, il aperçut cette silhouette solitaire et sa pensée brumeuse imagina une femme. Celle qu'on pouvait héler et rendre heureuse avec les restes de vodka dans une bouteille qu'il cachait derrière le siège. Quelque fille perdue dont toute la vie était un peu ce balancement sur la rampe d'un pont nocturne. Un corps chiffonné qu'il pourrait mettre sur l'étroite banquette derrière les sièges. Une femme qu'il pourrait « faire ».

Ou, peut-être, devinant de quelle ombre il s'agissait, s'en voulut-il de ses pensées et même eut-il pitié de cette fille frigorifiée qu'il voulait déjà tirer dans sa cabine.

Peut-être… Allez savoir ce qui se passait dans la tête d'un camionneur sibérien ivre, homme fort et rude, aux avant-bras recouverts de tatouages (ancres, croix sur une pierre tombale, femmes aux gros seins), une joue couverte de sang séché, et des yeux gris tristes, obligés de percer la brume de l'ivresse ?

Il vit une ombre, pensa à un corps facile étalé sur la banquette, sentit une lourdeur agréable dans le bas-ventre. Et il s'indigna : toute la vie est commandée par cette lourdeur. La bouffe, la femme, le sang !

Il freina, sauta dans la neige en claquant la portière. Se frottant la joue avec une boule glacée qu'il ramassa sur le rebord de la ridelle, il alla vers l'ombre. On ne voyait plus rien à trois pas. Les vagues neigeuses étaient si denses qu'on aurait cru que la terre elle-même basculait, se renversait dans l'Oleï.

Le chauffeur tapa sur l'épaule de celui qui se tenait derrière la rampe, au-dessus de l'abîme blanc de la rivière. Puis jeta un regard en bas, en écarquillant les yeux. C'était le vide, la frontière invisible d'un au-delà vertigineux. Il empoigna le col de la courte touloupe recouverte de neige, le tira par-dessus la rampe.

– Qu'est-ce que tu fabriques là ? demanda-t-il en traînant son fardeau vers le camion. Où tu t'es soûlé comme ça, imbécile ? Moi, à ton âge, je bossais déjà à l'usine ! Et eux, maintenant, ils ne pensent qu'à se soûler la gueule.

L'ombre ne donnait aucune réponse. D'ailleurs, le camionneur posait ses questions plutôt pour lui-même, pensant à tout autre chose. À cet abîme sans nom, à cette solitude qu'il venait de croiser dans la nuit, à ce mince filet de chaleur que l'ombre glacée irradiait encore.

Il continuait à parler ainsi dans la cabine. Le vent de la tempête l'avait éveillé, l'avait rendu bavard. Ce furent ces bribes nocturnes que je perçus les premières, quand, lentement, je me mis à remplir de moi l'ombre inanimée secouée par les cahots de la route.

Je me réchauffais, je redevenais moi. Il me fallait endosser ma nouvelle identité. Les étrangers méconnaissables se rassemblaient de nouveau en moi : ce puceau d'il y a quelques jours, ce guetteur des confidences adultes, et ce jeune corps fébrile déchirant de son sexe le ventre d'une prostituée, et cette silhouette dans la tempête, en attente du dernier pas, de la défaillance de ses doigts transis… Tout cela, c'était moi !

L'homme me demanda où j'habitais, lut la réponse dans le tremblement de mes lèvres que je maîtrisais encore mal. Je le dévisageai. Son visage bouffi par le froid, l'alcool, les coups qu'il venait de recevoir. Ses larges poignets velus. Ses mains couvertes de cicatrices luisantes, ses gros doigts aux ongles larges et racornis…

Et sans pouvoir aller jusqu'au bout de ma pensée, je sentis : je suis maintenant comme lui, oui, je suis dans son cas, dans sa peau, à quelque différence près. Au lieu de l'immense joie que j'attendais depuis des années à ce tournant de ma vie, un désespoir cruel! Comme lui… Bientôt les mêmes mains tatouées sur le volant d'un lourd camion, le même visage, la même odeur de vodka. Mais surtout la même expérience avec les femmes. Je regardais de biais ses lourdes jambes, j'imaginais avec quelle force elles devaient écarter les cuisses des femmes. Les cuisses de la femme… De la femme rousse! Je sentis quelque chose tressaillir en moi : bien sûr qu'il l'a « faite ». Avant moi…

– Qu'est-ce que tu as à me reluquer comme ça? bougonna-t-il, en remarquant l'intensité de mon regard. De toute façon on ne peut pas aller plus vite. T'as vu la route?

Les essuie-glaces rejetaient à chaque passage une épaisse couche de neige collante. La taïga semblait seule guider le camion qui s'enfonçait péniblement dans la tempête.

Je détournais le regard. Plus besoin de regarder mon homme : il était ma réplique exacte, quelques années en plus…

Maintenant, je savais précisément ce qui allait se produire. Je savais qu'il nous restait quelques minutes à vivre !

J'attendais le Tournant du Diable. Le chauffeur, ivre comme il était, allait sûrement le manquer. Je voyais déjà une longue glissade oblique du camion, les tours de volant acharnés et inutiles, j'entendais le moteur qui s'étranglerait dans un rugissement impuissant. Et la percée noire dans la glace qui était à cet endroit toujours très fine, à cause des sources tièdes dans le lit de l'Oleï.

J'avalais ma salive nerveusement, en scrutant la route. J'étais comme la balle d'un revolver prêt à tirer. Les brèves pensées brûlantes, les images-brûlures portaient la tension à son comble. Ces mains posées sur le volant avaient écrasé les seins de la femme rousse. Tous les deux, nous nous étions englués dans la même plaie moite sous son ventre. Tous les deux, nous nous débattrions toujours dans le même espace exigu au bord de l'infini sibérien : les rues mornes du chef-lieu, les cabines des camions puant le gasoil, la taïga mutilée, pillée, hostile. Et cette femme rousse. Ouverte à tous. Et cette nuit de tempête qui nous coupait du monde. Et cette cabine étroite remplie de chair homogène, souillée, et qui allait disparaître. Les ongles de mes doigts agrippés à une poignée devinrent tout blancs…

Le chauffeur freina et me lança en souriant :

– Avant ce putain de tournant, il faut déverser un peu…

Je le vis ouvrir la portière, descendre sur le marche-pied et commencer à déboutonner son pantalon ouaté. Mon attente était si frénétique que je perçus dans son sourire un sous-entendu qui semblait dire : « Hé, hé ! et alors, petit morveux, tu pensais m'avoir avec ton fichu tournant ? Pas si bête ! »

Je compris que ce monde noir et absurde était doté, en plus, d'une ruse méfiante et sournoise. Ce n'était pas si facile de l'anéantir, en se tuant. Tout en glissant sur la lame de rasoir, ce monde savait s'arrêter brusquement et sourire avec cette bonhomie rusée. « Une femme rousse, dis-tu ? Les photos étalées sur la couverture ? Le premier amour ? La solitude ? Et moi, regarde ! Je vais déboutonner mon pantalon et pisser sur tous vos premiers amours et solitudes ! »

Je sautai du camion et me mis à courir en sens inverse, suivant les traces de ses roues…

Contre toute attente, je n'entendis ni les appels de l'homme, ni le bruit du moteur. Non, le chauffeur ne cria pas, ne se lança pas à ma poursuite, ne fit pas demi-tour pour me rattraper… M'arrêtant une vingtaine de mètres plus loin, je ne discernai plus les contours du camion, ne distinguai aucun bruit. Le tumulte blanc, le sifflement féroce du vent dans les branches des cèdres, plus rien. Le camion avait disparu! En reprenant ma route, je me demandais si la femme rousse, le pont, ce chauffeur ivre n'étaient pas un songe. Une sorte de délire pareil à celui que j'avais eu un jour, malade de la scarlatine… Même les traces des roues que je suivais devenaient de moins en moins visibles, pour s'effacer bientôt…

Je retrouvai les rues noires de Kajdaï. Machinalement, je me dirigeai vers la gare. J'entrai dans le grand hall à peine éclairé. D'ailleurs, c'était surtout le reflet blanc de la tempête qui emplissait cet espace désert d'une luminescence un peu irréelle.

Je m'approchai de l'horloge. Il était dix heures et demie. Le Transsibérien était parti à neuf heures. Ébahi, je ne parvenais pas à faire ce calcul simple, tant son résultat me paraissait ahurissant. Tout cela n'avait été vécu qu'en une heure et demie! L'attente interminable devant le kiosque, l'isba de la Rousse, son corps et cette douleur qu'on appelait «amour», ma fuite, l'éternité glacée sur le pont, le camion ivre… Sa disparition, mon retour.

Alors, comme pour augmenter encore l'irréalité de ce que je vivais, une voix derrière mon dos, celle du sous-chef de station probablement, précisa à l'intention d'un voyageur :

– Oh, vous savez, d'ici que ça finisse de neiger… Vous avez vu, même le Transsibérien était obligé de revenir. Il avait à peine quitté la gare, et il y avait déjà un mètre de neige sur les voies…

Je poussai la porte vitrée, je sortis sur le quai. Cette masse des wagons endormis était donc le Transsibérien ! Ses fenêtres miroitaient faiblement dans le reflet bleu des veilleuses au plafond de chaque compartiment. On devinait à travers le ramage du givre leur confort silencieux. Et la présence de la belle Occidentale qui était donc restée fidèle à notre rendez-vous. Je me souvins d'elle, ou, plus précisément, de mes guets d'autrefois près de l'isba d'aiguilleur ; je m'en souvins avec une telle intensité que les événements de cette soirée se transformèrent définitivement en un fantasme particulièrement réussi. Craignant de briser cette assurance, je revenais à la gare. Il n'y avait donc rien eu. Rien… Rien !

La porte d'en face, celle qui donnait sur la place devant la gare, s'ouvrit. Dans la pénombre du hall, je vis une femme entrer, qui jetait autour d'elle des coups d'œil rapides. Elle portait un manteau d'automne et un gros châle de laine. Elle vint à moi, comme si me trouver là était la chose la plus naturelle. Je la regardais s'approcher. Il me sembla qu'elle n'avait plus de visage.

Ses traits, sans maquillage, délavés – lavés par la neige ou par les larmes – n'étaient que de vagues contours d'aquarelle. De son visage on ne voyait que l'expression : une clarté de souffrance et de fatigue extrêmes.

– Allons-y, tu vas passer la nuit chez nous, dit-elle d'une voix très calme et à qui on ne pouvait qu'obéir.

7

En rêve, le couloir du wagon ensommeillé menait à un compartiment qui reproduisait, en plus petit encore, l'intérieur de l'isba d'aiguilleur. Comme si cette maisonnette, faisant partie du couloir, se perchait sur les rails, en attendant l'improbable départ. Une femme était assise à la tablette sous la fenêtre de cet étrange, et si naturel, compartiment. Elle semblait regarder dehors, dans l'obscurité de la nuit derrière la vitre. Non pour voir ce que cachait le givre épais, mais pour ne pas voir ce qui se passait autour d'elle. Au centre de la tablette se trouvait un bulbe étonnant, charnu, coupé en deux. À l'intérieur, on voyait une sorte de cocon composé de feuilles à demi transparentes, délicatement repliées les unes sur les autres.

Cela ressemblait à un nourrisson soigneusement emmailloté. Je devais, je ne savais pas pourquoi, déployer ses feuilles fragiles, sans attirer l'attention de la passagère silencieuse. Avec mes doigts gourds, malhabiles, je maniais ce cocon, ce fuseau soyeux. Je pressentais déjà que ce qui allait apparaître serait pénible à voir... Et plus j'avançais dans mon effort méticuleux, plus l'angoisse de cette découverte grandissait. J'allais voir quelque chose de vivant dont ma curiosité compromettait la naissance, mais dont on ne pouvait constater la vie qu'en arrachant les feuilles. Je tuais *ça* en ouvrant le bulbe, mais *ça* n'aurait pas existé si je n'avais pas osé éventrer le cocon. En rêve, la portée tragique de mon geste n'apparaissait pas aussi clairement. C'était la lente germination d'un cri déchirant qui l'exprimait. Un cri qui remontait vers ma gorge – un cri sec, étranglé. Mes doigts arrachaient les feuilles sans aucun ménagement. Et la femme assise près de la fenêtre se mit, à ce moment, à tourner lentement la tête dans ma direction... Le cri jaillit, me secoua, me réveilla...

Je vis le halo d'une bougie et le visage de la femme rousse – un ovale calme, effacé. Sa main effleurait ma tête.

Me voyant réveillé, elle me sourit et souffla la bougie. Je plissai rapidement les paupières. J'avais envie de me rendormir avant qu'elle n'enlève sa main...

Après le thé, le matin, elle me dit d'une voix neutre, comme s'il s'agissait d'un petit rien quotidien :

– On a de la neige jusqu'à la cheminée. Il est déjà midi, et regarde les fenêtres : une vraie nuit.

– Je vais faire un passage ! m'écriai-je avec joie. Je sais le faire ! Vous verrez...

– Non, non ! Tu creuses un trou juste pour toi et tu te sauves...

Je ne discutai pas. Je comprenais que ma joie était stupide. Il fallait partir. Vite. Sans me retourner...

Mes raquettes attachées à la ceinture, je me lançai à l'assaut du mur de neige qui se dressait derrière la porte d'entrée. Je devenais à la fois taupe, serpent, dauphin. Je creusais, vrillais, nageais. Je m'agitais au milieu d'un éboulement blanc, je remontais dans son flot qui, à mesure que je m'éloignais de la maison, s'assombrissait. La coulée neigeuse pénétrait jusqu'à mon corps, le brûlait, rendant mon avancée plus nerveuse. J'ouvrais la bouche pour aspirer de rares bouffées d'air, j'avalais les jets de cristaux piquants. Mes cils se figeaient, alourdis de minuscules diamants de glace. À un moment, j'eus le sentiment d'avoir perdu la bonne direction, de ne plus avoir le sens du haut et du bas. Oui, je rampais à l'horizontale, à l'intérieur de cette masse où il restait de moins en moins d'air. Ou, pis encore, je m'enfonçais dans sa profondeur. Cet instant de panique était presque inévitable pour celui qui se frayait un passage après une grande tempête. Mon cœur tressaillit. J'incurvai convulsivement l'angle de mon escalade vers le haut. Je remontais vers la lumière comme un poisson qui s'élance à contre-courant, dans une chute d'eau…

Avec un craquement sonore, ma tête cassait la fine couche de glace.

Ébloui, je m'étendais sur la surface lisse, étincelante. L'air ensoleillé sonnait de fraîcheur, semblait être une matière tout autre que ce que j'avais respiré jusque-là. Le ciel ravivé par le redoux s'élançait en fuyant le regard. Le silence de la taïga était si profond que tous les menus bruits se rassemblaient autour de moi, ne venant que de mes gestes – crissement de la neige sous mon coude, bruit de ma respiration avide, glissement sonore des plaques blanches qui se brisaient en tombant de ma chapka, du col de ma touloupe…

De Kajdaï on ne voyait que quelques taches sombres : les toits des maisons les plus élevées. Quelques tracés droits aussi : les trains ensevelis dormant sur les voies. Je reconnaissais les rues d'après les colonnes blanches de fumée qui montaient des cheminées. Les minuscules points noirs étaient les habitants qui s'affairaient autour de ces colonnes, en aménageant les passages.

La maison que je venais de quitter se trouvait à l'écart du chef-lieu, à la limite de la taïga. Sa fumée semblait s'élever au milieu d'une plaine déserte. Et, sur une branche de bouleau noyé dans la neige, je vis une petite maisonnette servant d'abri aux oiseaux.

Je mis mes raquettes, m'approchai de cette cheminée solitaire. En m'inclinant vers sa bouche protégée par un bonnet en fer tout noir, je lançai un cri sonore. C'était la coutume. Le signe pour celui qui restait... J'entendis le grincement de la porte du poêle, puis un écho qui paraissait venir du fond de la terre. Une sorte de lent soupir se dissipant dans l'éblouissante clarté de cette journée d'après la tempête...

Je courais dans le va-et-vient alerte de mes raquettes, en traversant la vallée qui descendait vers l'Oleï. La taïga, à moitié éveillée, me suivait de loin. De grands sapins recouverts de neige gardaient dans leur ombre l'éclat d'un argent bleuté, transparent. Et leurs sommets scintillaient, saupoudrés de pépites d'or.

De temps en temps, je jetais un coup d'œil derrière moi. La colonne de fumée au milieu de la plaine indiquait toujours l'isba ensevelie, cette pièce enfouie sous la neige, la lumière vacillante d'une bougie, cet intérieur qui conservait l'obscurité du soir d'hier. Une soirée irréelle tout au fond du silence compact des neiges... La femme rousse !

Je restai un instant immobile. J'observais la plaine des mille cristaux, inondée de soleil, le ciel sans fond répandant sa fraîcheur bleue, l'ombre moirée de la taïga. Et, au loin, cette colonne de fumée, blanche, toute seule, au milieu… Soudain, avec une clarté insoutenable, je compris : je suis condamné et à cette beauté, et à la souffrance qu'elle recèle. La neige fondrait. Kajdaï redeviendrait une petite ville noire. Le Transsibérien la fuirait en rattrapant son retard. Et la prostituée rousse retournerait dans la salle d'attente. Il ne pouvait pas y avoir d'autre vie.

Pendant quelque temps, je suivis l'ample courbe de l'Oleï surplombée d'immenses dunes de neige.

En passant près de trois cèdres légendaires, ceux des pendus de la guerre civile, je m'arrêtai, stupéfait. Les grands clous rouillés que j'avais l'habitude de voir tout en haut, en renversant la tête, étaient, ce matin, à portée de main. Oui, ils étaient là, juste devant mes yeux. Je m'approchai et, enlevant mes moufles, je tâtai leur métal brun, rugueux. Un froid lent, accumulé durant de longues décennies, transperça mes doigts. Je retirai vite ma main. Je caressai les écailles rêches du tronc. Elles semblaient renfermer une chaleur assoupie, mais vivante. Et soudain, ce qui s'était passé autrefois au pied de ces arbres géants – cette mort atroce mais rapide – ne me parut plus aussi redoutable que ça. Un instant de douleur aiguë, et puis ce silence de l'air ensoleillé, cette vie secrète, sommeillante, en fusion parfaite avec la respiration de ce grand tronc, avec l'odeur âpre des grappes d'aiguilles, avec le scintillement de la résine gelée dans les cannelures de l'écorce. Cette vie sans pensée, sans souvenirs. Cet oubli.

Je serrai le gros clou, je pesai sur lui de tout mon poids. Les yeux mi-clos, j'essayai de pénétrer dans cette étroite zone qui me séparait du silence bienheureux du tronc…

Soudain, à travers mes paupières plissées, je les vis : deux points noirs suivaient la crête bleue des dunes de neige au-dessus de la rive. Bientôt, ils furent à la hauteur des trois cèdres. Ils dévalèrent la crête, traversèrent l'Oleï. Leurs minuscules silhouettes devenaient de plus en plus distinctes. Le premier avançait à grands pas, s'arrêtant parfois pour attendre le second. Je les reconnus. Et je fus frappé par leur aspect campagnard et naïf. Dans leur démarche, dans leurs touloupes, dans leurs visages que je voyais de mieux en mieux, il y avait quelque chose d'enfantin. Les oreillettes de leurs chapkas s'agitaient comme des oreilles de chien. Ils contournaient l'angle de la forêt et allaient dans quelques instants passer à côté de moi. J'eus envie de fuir. Me cacher au fond des sapins enneigés. Je savais que je ne pourrais plus jamais revenir dans leur vie…

Mais, déjà, le premier des skieurs, Samouraï, me remarquait. Le silence se brisait dans son cri rocailleux. Il se dirigeait vers moi.

Sourires, salutations, taquineries. Ils me donnaient des tapes amicales à l'épaule. Racontaient les dernières nouvelles du village… « Ce sont des enfants, prononçait en moi quelque voix profonde. De vrais enfants, insouciants et divinement légers. »

Je ne parvenais pas à concevoir que, hier matin encore, nous étions ensemble à l'école. Que, hier encore, j'étais comme eux.

– Tu as avalé ta langue, ou quoi ? cria Samouraï en m'enfonçant la chapka jusqu'aux sourcils. Regarde-le, Outkine, ce n'est plus un don juan, mais un ours mal réveillé !

Les larmes me montaient aux yeux. J'aurais aimé hurler ma jalousie. Être de nouveau leur égal. Courir à travers la plaine, léger comme le vent, translucide comme cet air ensoleillé, frais comme le souffle de la taïga. Innocent !

Samouraï dut remarquer ma mine torturée. Il se détourna et, prenant son élan, lança sans me regarder :

– Allez ! ne perdons pas de temps ! Sinon, il n'y aura plus de places ! Grouille-toi, l'ours au bois dormant !

Je les suivis machinalement, sans même me demander où nous allions.

Après une heure de course, je vis que Samouraï, en traçant une trajectoire oblique, s'éloignait de Kajdaï et prenait le cap sur un lointain nuage gris suspendu au-dessus de la taïga – sur la ville, sur Nerloug.

« Encore deux heures et demie de marche, pensai-je avec dépit. Pourquoi je cours derrière eux ? Qu'est-ce que j'ai à chercher dans cette ville ? »

Ils marchaient maintenant côte à côte, en bavardant. Tout était si lumineux, si serein dans le petit monde ensoleillé qui se déplaçait avec eux. Mon regard y pénétrait comme du fond d'un cachot. De temps en temps, Samouraï se retournait et me lançait d'un ton joyeux :

– Allez, ours, remue un peu tes grosses pattes !

Je ressentais envers eux non plus de la jalousie, mais une sorte de mépris haineux. Surtout envers Samouraï. Je me souvenais de ses longs discours dans les bains. Sur les femmes. Sur l'amour. Ses éternelles citations de cette vieille folle d'Olga. Comment disait-il déjà ? « L'amour est une consonance. » Quel imbécile ! L'amour, mon cher Samouraï, c'est une isba qui sent la fumée froide. Et l'horrible solitude de deux corps nus sous une ampoule d'un jaune violent. Et les genoux glacés de la prostituée rousse que j'ai frôlés en glissant, à la fin, de son ventre qui me secouait dans le creux moite du lit. Et les traits bavochés de son visage. Et ses seins lourds, étirés par tant de mains calleuses, aveugles, hâtives. Semblables aux mains de mon camionneur-fantôme – couvertes de cicatrices, maculées de cambouis. Ah ! Samouraï, si tu l'avais vu ! Avant d'affronter le Tournant du Diable, il a freiné, a déboutonné son pantalon et tiré sur sa paume cette énorme chair gonflée, on aurait dit un gros morceau de viande crue, tiède, flasque. L'amour, tu parles !… Et tu seras comme lui, Samouraï, malgré ton cigare et les bobards que te raconte Olga. Tu n'y couperas pas ! Ni moi, ni même Outkine. Et nous resterons dans ce chef-lieu où la bagarre éternelle finit seulement quand la lumière s'éteint sous les rafales de la tempête. Dans notre village où l'unique souvenir c'est la guerre d'il y a trente ans qui a transformé toute la vie en souvenir. Et cette gare où la seule femme qu'on puisse encore aimer attend le Transsibérien qui ne l'emmènera jamais nulle part. Ce monde ne nous lâchera pas… Vous riez tous les deux, en courant, là, dans votre petit rond-point de soleil. Mais moi, vous verrez, je sais comment me sauver. Je sais…

Je m'arrêtai un instant. Ils s'éloignaient en emportant leur auréole remplie de voix sonores. J'imaginai les cèdres avec les gros clous rouillés. Comme c'était proche, ce silence définitif, cette fuite sans retour. Comme c'était bon !

– Tu n'as même pas demandé ce que nous allons faire en ville, Juan !

La voix de Samouraï retentit soudain et me fit revenir à moi.

Le bouillonnement verbal que je retenais jusque-là explosa :

– Et qu'est-ce que vous pouvez faire ? Aller comme de pauvres débiles à la poste pour écouter les téléphonistes : « S'il vous plaît, quel est ce con qui a commandé Novossibirsk ? Cabine numéro deux ! » Ah, Novossibirsk ! Vous en bavez déjà tous les deux !

Samouraï, au lieu de se vexer, éclata de rire.

– Outkine, regarde ! L'ours se réveille ! Ha-ha-ha !...

Puis, jetant à son compagnon un clin d'œil, il annonça :

– Nous allons voir... Belmondo !

– Bel-*mon*-do, le corrigea Outkine en riant.

– Non, Belmon-*do* ! Tais-toi, canardeau, tu es nul en cinéma !

C'est l'air de la taïga qui dut les enivrer. Car ils se mirent à rire, à crier ce mot incompréhensible, de plus en plus fort, chacun insistant sur son accent. Samouraï poussa Outkine, le renversa par terre, en hurlant toujours ces trois syllabes résonnantes. Outkine se défendait en lui jetant des poignées de neige dans le visage :

– Belmon-*do* !

– Bel-*mon*-do ! En italien on dit Bel-*mon*-do…

– C'est un homme ou une femme ? demandai-je, dangereusement sérieux, confondu par ce « o » final du neutre.

Leur rire devint torrentiel.

– Ah ! Samouraï ! Mais écoute-le ! Si c'est pas une nana, il n'ira pas avec nous ! Ha-ha-ha !…

– Oui, oui, c'est une femme, Juan ! Avec une moustache… Et avec un… avec un gros… un gros…

Samouraï ne put pas aller au bout de sa phrase… Ils riaient comme des fous en rampant à quatre pattes, les pieds tordus par leurs raquettes qu'ils n'avaient pas décrochées. Ce nom sonnait si étrange en pleine taïga…

Ils crurent sans doute que leur rire m'avait gagné. Je me laissai tomber dans la neige à côté d'eux. En secouant la tête frénétiquement et en m'esclaffant bruyamment. Oui, ce fut le rire qui me permit de pleurer tout mon soûl…

Puis, quand les derniers gémissements de notre orgie se turent, quand nous nous retrouvâmes tous les trois étendus à travers une clairière ensoleillée, les yeux emplis du ciel, Samouraï souffla d'une voix affaiblie mais vibrante :

– Belmondo !

DEUXIÈME PARTIE

8

Ce qui m'a sauvé, c'est ce requin…

Je crois que si le film avait commencé autrement, j'aurais quitté la salle en courant et me serais jeté sous les roues du premier camion venu. J'aurais rejoint le silence bienheureux du cèdre dans le fracas assourdissant de cet engin grossier…

Oui, le film aurait pu commencer avec l'image d'une femme qui marche à travers les rues pendant que défile le générique – une femme qui « marche à la rencontre de son destin »… Ou avec celle d'un homme au volant de sa voiture, son visage impassible hypnotisant les spectateurs encore distraits. Ou enfin avec une vue panoramique… Mais ce fut un requin.

Non, d'abord on a vu un homme, mine douteuse et costume clair fripé. Un homme qui essayait de joindre quelqu'un d'une cabine téléphonique sur une promenade ensoleillée d'une ville méridionale. Il jetait des coups d'œil anxieux, protégeait le microphone avec sa paume. Il ne disposa pas de beaucoup de temps, car, dans le ciel d'azur, apparaissait un hélicoptère… L'appareil se figea au-dessus de la cabine et, laissant descendre d'énormes pinces, souleva la cabine et l'emporta dans le ciel. À l'intérieur, l'infortuné espion secouait le combiné, s'efforçant de passer son message ultra-secret… Mais les monstrueuses pinces s'écartaient déjà. La cabine tombait, s'enfonçait dans la mer, touchait le fond, et là, deux hommes-grenouilles l'arrimaient très habilement à une longue cage. L'espion, profitant des dernières gorgées d'air, se retournait vers la porte de la cage… Et il réussissait encore à sortir son pistolet et à tirer. En produisant un ridicule jet de bulles…

Un splendide requin, qu'on devinait terriblement affamé, fonçait dans la cabine submergée en pointant son nez vers le ventre de l'espion. L'eau se colorait de rouge…

Quelques instants après, Belmondo faisait son apparition. Et l'homme qui était de toute évidence son supérieur relatait la fin tragique de son collègue. «Nous avons pu retrouver ses restes», disait-il d'un ton très grave. Et il exhibait une boîte de conserve de… requin!

C'était trop bête! Divinement bête! Absolument invraisemblable! Superbement fou!

Nous n'avions pas de mots pour le dire. Il fallait tout simplement l'accepter et le vivre tel quel. Comme une existence parallèle à la nôtre.

Le film avait été précédé d'un journal. Nous étions assis tous les trois au premier rang, le moins prisé, mais il n'y avait pas d'autres places à notre arrivée. La voix *off*, onctueuse et emphatique en même temps, déversait ses commentaires de la chronique politique du jour. Nous avons vu d'abord la splendeur impériale de quelque salle du Kremlin où un vieillard en costume noir accrochait à la poitrine d'un autre vieillard une décoration. «Pour distinguer les mérites du camarade Gromyguine devant la patrie et le peuple, sa contribution à la cause de la détente internationale, et à l'occasion de son soixante-quinzième anniversaire», déclamait la voix *off* avec une émotion vibrante. Et la rangée de costumes noirs se mettait à applaudir.

Ensuite, on vit apparaître une femme en petite robe de satin à pois qui, avec une vélocité de gestes inimaginable, s'affairait au milieu de centaines de bobines tournant à toute vitesse. Elle interrompait son travail un instant, juste pour déclarer d'un ton strident: «Je conduis actuellement cent vingt métiers. Mais pour célébrer le soixante-dixième anniversaire de notre cher Parti, je m'engage solennellement à passer à cent cinquante métiers ! » Et, de nouveau, nous voyions ses doigts agiles glisser entre les fils et les bobines. Il me sembla même qu'elle courait maintenant encore plus rapidement d'un métier à l'autre, comme si elle se préparait déjà à battre le record...

La lumière revint avant de s'éteindre pour le film. Samouraï me poussa du coude en me tendant une poignée de graines de tournesol grillées. Je les serrai dans ma paume sans sortir d'une torpeur opaque, enveloppante. « Elle va conduire cent cinquante métiers, pensai-je. Ensuite cent quatre-vingts peut-être... » Je sentais que cette recordwoman du tissage et cette splendeur kremlénienne étaient mystérieusement liées et à notre chef-lieu noir, et au Transsibérien qu'attendait la femme rousse... Je savais qu'aussitôt l'obscurité revenue, je jetterais les graines par terre et m'enfuirais vers la route ébranlée par le passage d'énormes camions. Oui, dès les premières images : il y aurait une femme qui marcherait à la rencontre de son destin, ou un homme au volant de sa voiture...

Mais ce fut le requin ! L'absurdité de cette boîte de conserve renfermant la dépouille mortelle digérée de l'espion était probablement l'unique moyen de me retenir au bord fragile de la vie. Oui, il fallait exactement ce degré de folie farfelue pour que je sois arraché à la réalité et projeté sur cette promenade méridionale, dans cette cage immergée où se préparait l'exécution époustouflante. Il fallait cet agent secret dévoré par un requin et se retrouvant dans une boîte de conserve.

Et puis, sur cette promenade, il y avait aussi des femmes. Surtout ces deux-là qui, pour quelques instants, cachèrent la cabine téléphonique par leurs silhouettes en mini-jupes, par leurs corps oisifs, par leurs jambes bronzées.

Ô, ces divines jambes ! Elles se déplaçaient sur l'écran, suivant le déhanchement sensuel des deux jeunes créatures bien en chair. Des cuisses bronzées qui semblaient ne pas avoir la moindre idée de la présence, quelque part sur le globe, de l'hiver, de Nerloug, de notre Sibérie. Et du camp dont les barbelés embrouillaient le soleil-balancier. Ces jambes démontraient avec une rare persuasion, mais sans vouloir convertir qui que ce soit, la possibilité d'une existence sans Kremlin, sans métiers à tisser et autres performances de l'émulation socialiste. Des cuisses souverainement apolitiques. Sereinement amorales. Des cuisses en dehors de l'Histoire. À l'écart de toute idéologie. Sans aucune arrière-pensée utilitaire. Des cuisses pour des cuisses. Tout simplement de belles jambes féminines bronzées !

Le requin et les cuisses apolitiques préparèrent l'apparition de notre héros.

Il vint, multiple comme quelque divinité hindoue dans ses infinies hypostases. Tantôt au volant d'une interminable voiture blanche précipitée dans la mer, tantôt écumant une piscine à grands battements de papillon sous les regards lascifs des belles baigneuses. Il assommait ses adversaires de mille manières, se débattait dans les filets qu'ils lui tendaient, sauvait ses compagnes d'armes. Mais surtout, il séduisait sans répit.

Subjugué, je fondais dans le nuage multicolore de l'écran. La femme n'était donc pas unique !

Avec une force inconsciente, je serrais toujours dans ma main la poignée de graines de tournesol. Elles étaient devenues chaudes, et le sang battait dans mon poing serré. Comme si c'était mon cœur que je tenais dans la main pour qu'il n'explose pas de trop d'émotion.

Un cœur tout différent. Sa tragique nuit n'avait désormais rien de définitif. L'isba de la femme rousse se transformait, à vue d'œil, en une simple étape, en une expérience, en une aventure amoureuse (la première !) parmi d'autres. Profitant de l'obscurité, je tournai légèrement la tête en examinant furtivement les profils de Samouraï et d'Outkine. Cette fois, je les regardais avec un sourire discret et indulgent. Avec un air de supériorité désabusée. Je me sentais tellement plus proche de Belmondo qu'eux deux, tellement plus éclairé sur les secrets de la sensualité féminine !

Et, sur l'écran, de façon très acrobatique mais élégante, notre héros renversait une superbe espionne, dans une culbute amoureuse, sur le meuble le moins approprié à l'amour... Et la nuit tropicale jetait son voile complice sur leurs corps enlacés...

Les yeux mi-clos, j'aspirais fortement cette odeur épicée qui piquait les narines et embuait le regard.

J'étais sauvé.

En somme, lors de cette première séance, nous avons peu compris l'univers Belmondo. Je ne crois pas que tous les imbroglios de cette parodie cocasse de films d'espionnage nous aient été accessibles. Ni le va-et-vient permanent entre le héros, auteur de romans d'aventures, et son double, l'invincible agent secret grâce auquel le romancier sublimait les misères et les échecs de son existence personnelle.

Non, nous n'avons pas saisi ce jeu pourtant évident. Mais nous avons perçu l'essentiel : la surprenante liberté de ce monde multiple où les gens semblaient échapper aux lois implacables qui régissaient notre vie à nous – de la plus humble cantine d'ouvriers jusqu'à la salle impériale du Kremlin, en passant par les silhouettes des miradors figés au-dessus du camp.

Bien sûr, ces gens extraordinaires avaient aussi leurs peines et leurs limites. Mais les peines n'étaient pas irrémédiables et les limites provoquaient leur audace. Toute leur vie devenait un joyeux dépassement de soi.

Les muscles se tendaient et rompaient les chaînes, le regard d'acier repoussait l'agresseur, les balles avaient toujours un instant de retard en clouant au sol l'ombre de ces êtres bondissants.

Et Belmondo-romancier poussait cette liberté combative à son sommet symbolique : la voiture de l'agent secret manquait un virage, tombait du haut d'une falaise, mais l'imagination débridée la repêchait tout de suite en faisant marche arrière. Même le tournant mortel n'avait pas, dans cet univers, de signification définitive !

D'habitude, la foule de spectateurs se dispersait vite après la séance du soir. On était pressé de plonger dans une ruelle noire, de rentrer, de se mettre au lit.

Cette fois, tout était différent. Les gens sortaient lentement, d'un pas somnambulique, un sourire lointain aux lèvres. Se déversant sur un petit terrain vague derrière le cinéma, ils passèrent un moment à piétiner sur place, aveuglés, assourdis. Enivrés. Leurs sourires se rencontraient. Les inconnus formaient des couples et des cercles inhabituels, éphémères, comme dans une danse très lente, agréablement désordonnée. Et les étoiles sur le ciel radouci paraissaient plus grandes, plus proches.

C'est sous cette lumière attiédie que nous traversâmes les petites ruelles courbes dont il ne restait que d'étroits passages entre les montagnes de neige. Nous allions chez le grand-père d'Outkine qui nous accueillait dans sa grande isba lors de nos visites à la ville.

Marchant en file indienne au fond de ces labyrinthes neigeux, nous nous taisions. L'univers auquel nous venions d'accéder demeurait, pour le moment, indicible. Il avait pour toute expression la beauté alanguie de la nuit du dégel, la respiration discrète de la taïga, ces étoiles proches, le teint du ciel plus dense et le ton des neiges plus vif. Le monde avait changé. Mais nous le ressentions encore seulement dans notre chair, dans le palpitement de nos narines, dans nos jeunes corps qui buvaient et ce ciel étoilé et les senteurs de la taïga. Pleins à ras bord de ce nouvel univers, nous le portions en silence, de peur de verser son contenu magique. Et seul un soupir réprimé échappait parfois de ce trop-plein d'émotions :

– Belmondo…

C'est dans l'isba du grand-père d'Outkine que l'éruption se produisit. Nous nous mîmes à crier tous en même temps, en agitant les bras, en sautant, chacun voulant évoquer le film de la façon la plus vivante.

On rugissait en se débattant dans les filets tendus par les ennemis, on arrachait à leurs mains sadiques la belle créature à qui ces bourreaux s'apprêtaient à couper un sein, on mitraillait les murs avant de rouler sur un divan. On était à la fois et l'espion dans la cabine téléphonique, et le requin pointant son museau agressif, et même la boîte de conserve !

Nous nous étions transformés en un feu d'artifice de gestes, de grimaces, de hurlements. Nous découvrions l'ineffable langage de notre nouvel univers. Celui de Belmondo !

Le grand-père d'Outkine, un homme d'une corpulence de géant fatigué et mélancolique, rappelant par sa démarche pesante et ses cheveux blancs un ours polaire, nous aurait vite rabroués en toute autre circonstance. Mais cette fois, il suivit notre triple mise en scène en silence. À trois, nous dûmes réussir à recréer l'atmosphère du film. Oui, il put imaginer le dédale du souterrain, éclairé par les flammes lugubres des torches, le mur auquel était attachée une belle martyre enchaînée. Il vit un immonde personnage, ridé et trapu qui, gloussant de concupiscence impuissante et perverse, s'approchait de la victime très peu habillée et tendait vers son sein savoureux une lame aux reflets impitoyables. Mais le rugissement fusait de nos trois gosiers indignés. Le héros, triple dans sa force et sa beauté, tendait ses muscles, rompait les chaînes et volait au secours de la splendide enchaînée…

L'ours polaire plissa malicieusement les yeux et sortit de la pièce.

Samouraï et moi interrompîmes le spectacle, pensant avoir vraiment trop importuné le grand-père. Seul Outkine restait encore dans sa transe de comédien, s'agitant comme si c'était lui qui risquait de perdre un sein.

Le grand-père réapparut dans la pièce en serrant dans ses gros doigts noduleux le goulot d'une bouteille de champagne. J'écarquillai les yeux. Samouraï poussa un « ah ! » retentissant. Et Outkine émergeant de sa crise d'épilepsie formula toutes nos émotions dans une seule exclamation, en parlant encore du film :

– C'est ça, l'Occident !

Le grand-père mit sur la table trois tasses de faïence ébréchées et un verre à facettes.

– Je la gardais, cette bouteille, pour un ami, expliqua-t-il en libérant le bouchon des fils de fer, et lui, le pauvre vieux, a eu la drôle d'idée de mourir entre-temps. Un ami du front…

Nous entendîmes à peine ses explications. Le bouchon sauta avec un claquement joyeux, il y eut un moment de hâte agréable – mousse abondante, pétillement coléreux des bulles, bouillonnement blanc se déversant sur la nappe. Et enfin, la première gorgée de champagne, la toute première de notre vie…

C'est bien des années après, grâce à cette amère clarification du passé qu'apporte l'âge, qu'on se souviendrait de cet ami du front… Mais ce soir lointain du dégel, il n'existait que ce picotement glacé dans nos gosiers en feu qui faisait jaillir des larmes de joie. La fatigue heureuse semblable à celle des acteurs après la première. Et la formule d'Outkine qui sonnait encore à nos oreilles :

– C'est ça, l'Occident !

Oui, l'Occident était né dans le pétillement du champagne de Crimée, au milieu d'une grande isba noyée dans la neige, après un film français vieux de plusieurs années.

C'était l'Occident le plus vrai, car engendré *in vitro*, oui, dans ce verre à facettes lavé de flots entiers de vodka. Et aussi dans notre imagination vierge. Dans la pureté cristalline de l'air de la taïga.

L'Occident était là. Et, la nuit, les yeux ouverts dans l'obscurité bleutée de l'isba, nous rêvions à lui… Les estivants sur la promenade méridionale n'ont certainement pas remarqué les trois ombres indécises. Ces trois silhouettes contournaient une cabine téléphonique, longeaient la terrasse d'un café et suivaient d'un regard timide deux jeunes créatures aux belles jambes bronzées...

Nos premiers pas en Occident.

Nous volions à travers la taïga, étendus le long des grumes de cèdre, sur la remorque d'un puissant tracteur, semblable à ceux qui transportaient des fusées dans l'armée. L'écorce rugueuse sous le dos, le ciel éclatant au-dessus de nos yeux, l'ombre argentée de la forêt des deux côtés de la route. L'air ensoleillé gonflait nos touloupes comme des voiles, nous transperçant de l'odeur de résine.

Il était strictement interdit de transporter les gens dans une remorque, surtout chargée. Mais le chauffeur nous avait acceptés avec une nonchalance joyeuse. C'était le premier signe tangible des changements apportés dans notre existence par Belmondo...

La fenêtre de la cabine était baissée tant l'air de cette matinée semblait doux. Et tout au long du trajet, nous entendions le chauffeur raconter le film à son passager, brigadier des bûcherons. Aplatis sur les troncs, nous suivions ce récit fait d'exclamations, de jurons et de grands gestes des mains qui abandonnaient dangereusement le volant.

De temps en temps, il poussait un cri particulièrement sonore :

– Il a fait sa première dent, mon fiston ! Ha-ha-ha !
Tu te rends compte, ça y est ! Ma femme m'a écrit...

Et il reprenait son récit :

– Alors, lui, comme ça, il tire sur les chaînes de
toutes ses forces... Vraiment, on entendait ses os craquer. I-i-i-i ! Et, hop ! il les fout en l'air. Et l'autre, avec
sa lame, il était déjà à deux pas de la fille. Et elle, je te
dis pas la belle paire de nichons qu'elle a ! Et ce salaud
veut lui en couper un. Tu te rends compte ? Alors, le
type lui fonce dessus et vlan !... Non, non, t'inquiète
pas, je ne lâche plus le volant...

Et de nouveau, il interrompait son récit pour crier
sa fierté de père :

– Ah, le petit vaurien ! Sa première dent... Milka
écrit : « Je ne peux plus le nourrir, il me mord le sein
jusqu'au sang. » Ha-ha-ha ! Moi tout craché, je te dis !

Le monde paraissait fabuleusement transfiguré.
Nous attendions maintenant un miracle pour en être
définitivement persuadés. Et ce miracle survint.

Ce fut près du Tournant du Diable, plus dangereux
encore sous les dunes de la tempête. À cet endroit on
aurait dû rouler en douceur, en descendant lentement
sur le bord de l'Oleï. Mais le récit était au point culmi-
nant...

Le tracteur avec sa lourde remorque dévala la pente
et, sans même ralentir, s'engagea sur la glace fragile
minée par les sources tièdes...

Il y eut un hurlement qui s'étrangla vite à l'intérieur de la cabine, un juron lâché par Samouraï. Et puis quelques secondes fulgurantes et interminables, remplies du crissement de la glace s'affaissant sous les roues...

Nous revînmes à nous une centaine de mètres plus loin, déjà sur l'autre rive. Le chauffeur arrêta le moteur, sauta dans la neige. Son passager le suivit. La surface blanche de la rivière était incisée de deux traces noires qui, lentement, se remplissaient d'eau...

Dans le silence parfait, on n'entendait que le faible sifflement provenant du moteur. Le ciel avait un éclat tout neuf.

Après, le chauffeur et le brigadier parleraient sans doute d'une chance folle. Ou encore de la vitesse du tracteur qui avait volé en touchant à peine le sol. Sans se l'avouer, ils penseraient aux ruines de l'église sur l'endroit le plus élevé de la berge. Et sans savoir le penser, ni le dire, ils songeraient à cette lointaine existence enfantine (la première dent !) qui, mystérieusement, aurait retenu le lourd engin sur la glace fragile...

Mais nous, nous préférions croire au simple miracle qui était désormais si naturel dans notre vie.

Au retour, tout me paraissait étrange dans notre isba. L'étrangeté des choses familières qui me dévisageaient avec curiosité et semblaient attendre mon premier geste. J'avais quitté cette pièce hier, au matin, en allant à l'école. Il y avait eu ensuite la bicoque d'aiguilleur, la salle d'attente de la gare, la tempête, la maison de la femme rousse, le pont, le camionneur… Je secouai la tête, pris d'un vertige tout particulier. Oui, et puis mon retour à travers la vallée enneigée, les clous rouillés des pendus…

La tante entra en apportant la grande bouilloire.

– J'ai fait des crêpes, mais il y en a qui sont brûlées, tu peux me les laisser, dit-elle de sa voix très ordinaire, en mettant sur la table une assiette avec une pile de crêpes dorées.

Perplexe, je regardais cette femme. Elle entrait dans la pièce, venant d'une tout autre époque. Celle d'avant la tempête… Soudain, je me souvins qu'il y avait eu encore la promenade ensoleillée au bord de la mer, le requin, le souterrain avec la belle enchaînée… Je me sentis chanceler. Sans rien expliquer à ma tante, je sortis de la pièce, je poussai la porte d'entrée.

Le soleil du soir somnolait derrière la ligne crénelée de la taïga, dans le piège invisible des miradors. Grâce au voile violacé du redoux, on pouvait contempler son disque cuivré sans plisser les yeux. Et ce disque, j'en étais sûr, oscillait légèrement au-dessus des barbelés…

Le lendemain, quand Samouraï frappa à notre porte et me dit avec un clin d'œil : « On y va ! », je ne pouvais pas me tromper sur le sens de sa proposition.

Nous accrochâmes nos raquettes, ramassâmes Outkine près de son isba et quittâmes Svetlaïa…

La ville se trouvait à trente-sept kilomètres par la route. À trente-deux si l'on y allait à travers la taïga. Huit heures de marche, plus deux arrêts pour pouvoir casser la croûte et surtout pour laisser souffler Outkine. Une journée entière de voyage. Au bout de laquelle : un coucher de soleil, et les brumes de la ville entre deux ailes de la taïga qui s'écartaient lentement. Et cette heure de plus en plus proche et qui devenait, chaque fois, encore plus magique : dix-huit heures trente. La séance du soir. Celle de Belmondo.

Les profondeurs de la taïga s'ouvraient et notre chemin neigeux nous portait déjà vers la promenade au bord de mer, au milieu de la foule bronzée des extra-terrestres occidentaux…

Oui, nous avons peu compris la première fois. En plus, il y avait des choses dans ce film que nous pouvions difficilement concevoir. Le personnage de l'éditeur, par exemple. Ses rapports avec notre héros étaient pour nous un mystère absolu. Pourquoi Belmondo avait-il peur de cet homme bedonnant, inélégant et cachant sa calvitie sous une perruque ? Quel ascendant pouvait-il exercer sur notre superman et de quel droit ? Comment osait-il jeter négligemment le manuscrit que notre héros lui apportait dans son bureau ?

Faute d'explication crédible nous concluions à la rivalité sexuelle. En effet, la belle voisine du héros devenait la cible des attaques répétées de l'immonde bureaucrate littéraire. La salle retenait son souffle quand celui-ci, bavant de concupiscence, dévorait de ses yeux fureteurs la gracieuse croupe de la jeune fille qui avait l'imprudence de se pencher un peu trop sur son bureau. Et puis, c'était bien lui qui se jetait sur la malheureuse en répandant ses baisers lippus sur son corps rendu sans défense par une perfide cigarette au contenu narcotique…

Bien des nuances dans ce film nous échappaient. Mais grâce à notre flair de jeunes sauvages de la taïga, nous percevions intuitivement ce que la vie des Occidentaux cachait à notre intelligence. Et nous étions décidés à revoir le film dix ou vingt fois s'il le fallait, mais à saisir tout ! Tout, jusqu'à ce détail qui nous tortura pendant plusieurs jours : pourquoi la belle créature venue chez notre héros, qui se montrait un hôte éminemment hospitalier, oui, pourquoi refusait-elle de boire un verre de whisky ?

9

Nous avons revu le film dix-sept fois. D'ailleurs, nous ne le voyions plus, nous y vivions. Entrés à tâtons sur la promenade ensoleillée, nous nous mîmes à explorer ce monde secret dans tous ses recoins les plus intimes. L'intrigue fut apprise par cœur. Nous pouvions désormais nous permettre d'examiner ses alentours et ses décors : un meuble dans l'appartement du héros – quelque petite armoire à l'usage inconnu, que le metteur en scène ne remarquait sans doute pas lui-même. Un tournant de la rue que l'opérateur avait cadré sans y attacher la moindre importance. Ou le reflet d'une matinée grise de printemps parisien sur la longue cuisse de la belle voisine endormie à demi nue près de la porte de notre héros. Oh, ce reflet ! Il était devenu pour nous la huitième couleur de l'arc-en-ciel ! La plus nécessaire à l'harmonie chromatique du monde.

Mais surtout Belmondo… Il rassemblait en lui tout ce jeu complexe d'aventures, de couleurs, d'étreintes passionnées, de rugissements, de sauts, de baisers, de vagues marines, de senteurs fauves, de fatalités déjouées. Il était la clef de cet univers magique, son pivot, son moteur. Son dieu…

Nous avons perçu la raison de son extrême mobilité. Oui, s'il vivait à ce rythme endiablé, s'engageant dans une nouvelle cascade sans avoir terminé la précédente, c'est qu'il voulait parvenir à l'omniprésence divine. Unir par son corps musclé et souple tous les éléments de l'univers. Devenir la matière même de leur fusion. Tel un vivant mixer, il brassait dans un enivrant cocktail les gerbes éblouissantes des flots, la pulpe sensuelle des corps féminins, les essoufflements amoureux, les cris guerriers, les langueurs tropicales, les biceps triomphants et une foule de personnages engendrés avec une fécondité titanesque de dieux païens : bons, méchants, falots, sensibles, maniaques, faux tendres, pervers, mythomanes…

Horloger céleste, il remontait le gigantesque ressort de cet univers époustouflant, mettait en marche la course du soleil méridional et des étoiles langoureuses. Et ses poumons de boxeur insufflaient la vie dans chaque âme qui gravitait autour de lui. Le manège s'accélérait, les cascades se transformaient en un Niagara burlesque. Nous nous laissions emporter par ses flots.

Cependant, il arrivait à notre héros, en pleine fièvre amoureuse et guerrière, de s'arrêter tout à coup, de se choisir solitaire, triste, incompris. On aurait dit un dieu au milieu de sa création qui n'avait plus besoin de lui... Un instant après, il s'envolait déjà dans le ciel, accroché à quelque hélicoptère fougueux. Mais nous, tapis dans un recoin obscur de son univers, nous avions su deviner ce moment de mélancolie et de solitude...

L'exploration de l'Occident se poursuivait. Avec ses échecs et ses victoires. Un jour, nous avons enfin réussi à définir le rôle de l'éditeur. Il a été classé : c'était un méchant aux appétits sexuels sans aucun rapport avec son insignifiance physique et intellectuelle, quelqu'un qui parasitait la capacité humaine la plus noble, celle du rêve.

Cette découverte coïncida avec une autre, trois ou quatre séances plus tard. Nous perçâmes le mystère du dédoublement de Belmondo !

Le va-et-vient entre de luxueuses villas visitées par le célèbre espion et le modeste logis de l'écrivain, entre l'athlète au corps hâlé et l'esclave de la machine à écrire, plutôt dépressif et rongé par le tabagisme – cette alternance déconcertante finit par livrer son secret. Et c'est la belle espionne qui avait beaucoup facilité notre investigation.

Car elle aussi, elle était très ambiguë. Attachée au mur du souterrain, elle se débattait de façon très provocante. Sa robe en lambeaux était prête à déverser dans la paume lubrique de l'éditeur transfiguré un sein généreux. Ce superbe sein destiné à l'ablation sadique. Ses yeux d'émeraude, admirablement fendus, étaient ceux d'une antilope capturée. Son corps avait les courbes aérodynamiques de ce noble animal. Les cheveux abondants ruisselaient sur ses épaules nues. Le sadique, brandissant sa lame, s'approchait, et nous regrettions presque que les chaînes du héros aient cédé si vite. Encore un instant, et l'éditeur-bourreau aurait débarrassé le corps de la merveilleuse antilope d'inutiles lambeaux…

Oui, il nous fallut une dizaine de séances pour commencer à distinguer les traits de l'antilope sous l'apparence de cette étudiante assez pâle qui vivait dans le même immeuble que l'écrivain. Ce lointain prototype de la splendide espionne, cette pâle copie apparaissait dans un cadre très quotidien de journées parisiennes pluvieuses – une longue fille en jean, à la corpulence effacée, aplatie. Un gros pull camouflait toute ébauche de rondeurs, noyait toute esquisse de sensualité. Ses lunettes d'étudiante studieuse étouffaient les étincelles du regard. Et pourtant, c'était toujours elle, notre antilope à la croupe musclée et nerveuse, notre espionne dont la poitrine haletante s'arrondissait sous les lambeaux de la robe.

Oui, c'était elle. Mais quelle différence! Cette étudiante sous la pluie parisienne semblait un sosie avorté de l'antilope des nuits tropicales.

Et c'est en comparant cette réplique terne à l'original que nous avons entrevu le secret des fantasmes de l'homme occidental! Ou plutôt du mari occidental... La ravissante antilope, cet original doté de tous les avantages charnels, c'était sa maîtresse réelle ou rêvée. Et la copie débarrassée de tous les surplus sensuels, c'était son épouse...

Et comme notre découverte juvénile était perspicace! Une vingtaine d'années plus tard, en errant dans les capitales de l'Occident, nous retrouverions cette ambiguïté érotique que Belmondo nous avait suggérée. Les femmes des fantasmes masculins – sur les couvertures des revues ou dans les rues mal famées – auraient des seins aptes à tenter n'importe quel éditeur sadique, des cuisses pleines et dorées, comme celles de notre fabuleuse antilope. Et les épouses mettraient en évidence les angles osseux de leurs épaules, de leurs hanches inexistantes, de leur poitrine plane. On nous parlerait de la mode, de l'air du temps, de l'idéal puritain, de l'égalité des sexes... Mais nous ne serions pas dupes. Car nous avions exploré notre Occident jusqu'à ses profondeurs subconscientes ténébreuses!

Pourquoi Belmondo ? Pourquoi en ces jours lointains du redoux ? Par ce crépuscule bleu de février ? À la séance de dix-huit heures trente où l'on passait d'habitude des longs métrages sur la guerre ? Dans ce cinéma L'Octobre rouge à moitié enfoui sous la neige ?...

Il s'agissait, en effet, d'une véritable épidémie belmondophile. D'une belmondomanie qui n'avait rien d'un entichement passager pour quelque comédie italienne ou d'une passion fugace pour un western hollywoodien. Dès la deuxième séance, la direction de L'Octobre rouge fut obligée de mettre un rang supplémentaire de chaises. On vit même un spectateur assis sur un tabouret qu'il avait apporté de la maison... Et l'envoûtement ne décroissait pas !

Dans la longue file d'attente qui égalait presque celle des visiteurs du mausolée de Lénine, nous vîmes apparaître des gens de plus en plus insolites. Deux frères Nérestov, célèbres chasseurs de zibelines, qui venaient très rarement à la ville – juste pour déverser de leurs sacs un flot souple de fourrures. Il était si étrange de les voir faire la queue devant les guichets au milieu des citadins endimanchés. Leurs visages tannés par le vent glacé, leurs énormes chapkas de renard bleu, leurs barbes frisées, tout en eux évoquait leur vie solitaire au fond de la taïga...

Et puis la légendaire bouilleuse de cru, Sova, une vieille robuste et intrépide, que la milice n'avait jamais réussi à prendre en flagrant délit. Elle se livrait à son activité criminelle, au dire de certains, dans une mine abandonnée dont la sortie à moitié affaissée se cachait au milieu des groseilliers de son jardin. Nous l'imaginions toujours sous les voûtes noires de cette mine d'or, sous les charpentes en bois éclairées de la lumière incertaine d'une lampe à pétrole. Une sorcière s'affairant autour des alambics... De cette mine obscure au souterrain de la belle enchaînée, sauvée par notre héros, il n'y avait qu'un pas. La vieille Sova le franchit, la tête haute, venant s'asseoir, un jour, au premier rang, habillée de son ample pelisse de mouton brune, coiffée d'une monumentale toque de renard...

Oui, la belmondomanie ressembla bientôt à une puissante lame de fond qui amena à la surface de notre vie des espèces humaines surprenantes. Cette vague parcourut les villages les plus reculés, pénétra dans les maisons forestières et, visiblement, ébranla même le calme glacé des miradors... Chaque séance apportait ses surprises.

Un jour, je m'aperçus que le siège à côté de moi restait libre. Nous étions assis toujours au premier rang. Non plus à cause de notre arrivée tardive, mais pour être seuls face à Belmondo, pour pouvoir entrer sur la promenade ensoleillée sans enjamber les têtes et les toques de renard… Ce siège libre à ma gauche ne m'étonna pas d'abord outre mesure. Quelqu'un avait décidé de venir, pensai-je, après le journal, en profitant de ces dix minutes de nouvelles krémléniennes pour fumer une cigarette dans le hall d'entrée.

Pourtant le journal – cette fois, outre l'inévitable scène de décoration, on vit les marins-pêcheurs qui avaient dépassé le plan de pêche de trente pour cent – oui, le journal prit fin, la lumière revint un instant et s'éteignit de nouveau, mais le siège restait inoccupé. Je m'apprêtais déjà à me déplacer, ce siège libre me paraissant être plus au centre…

Et c'est à ce moment que l'énorme silhouette d'un homme courbé glissa sur l'écran déjà ravivé de reflets méridionaux et que je sentis l'une de ses lourdes bottes heurter mes pieds dans l'obscurité. Le spectateur en retard prit sa place. Avant l'arrivée de l'hélicoptère au-dessus de la cabine téléphonique, je jetai un coup d'œil vers mon voisin…

En le reconnaissant, je me mis à glisser lentement entre les accoudoirs. Je voulais me faire tout petit, invisible, inexistant.

Car c'était Guéra. Guérassim Tougaï de son vrai nom. Le nom que tous les habitants de la région prononçaient avec une crainte respectueuse. C'était celui qui « volait l'or à l'État », selon l'avis de ma tante et de ses amies. Celui que la milice recherchait désespérément et que nous avons croisé un jour, en été, en pleine taïga. Celui qui, caché dans les profondeurs sauvages et inaccessibles, lavait le sable d'or d'une petite rivière vive et claire, au milieu du silence des cèdres centenaires.

Maîtrisant ma peur, je le dévisageai discrètement. Sa large veste en peau d'ours sentait le vent frais des espaces neigeux. Sa chapka dont les oreillettes étaient nouées sur la nuque rappelait un grand casque de guerrier nordique. Il était assis dans une pause indépendante et fière, et son énorme silhouette dépassait toute la rangée de spectateurs.

Et plus j'examinais son profil dans la lumière changeante et multicolore de l'écran, plus un étrange air de ressemblance se dégageait de ses traits. Oui, il me rappelait quelqu'un que je connaissais très bien... Mais qui ? Sur son front une boucle de cheveux s'échappait de la chapka... Un nez aplati, victime de quelque bagarre, sans doute... Un dessin de lèvres volontaire, un sourire légèrement carnivore. Une mâchoire inférieure puissante, massive. Et cet œil brun, vif...

Ahuri et n'osant pas croire à mon intuition, je regardai l'écran. Belmondo, sortant de l'azur éblouissant d'une piscine, s'installait dans une chaise longue à côté de la superbe espionne. Je scrutai son profil. La boucle de cheveux qu'il rejetait de son front mouillé, son nez, ses lèvres. Ses yeux… Je me tournai vers mon voisin. Puis vers l'écran. Et de nouveau vers l'homme en peau d'ours…

Oui, c'était bien lui… La magie n'a pas d'explications. Aussi n'essayai-je pas de comprendre. Je restai dans un étrange entre-deux-mondes, entre ces deux visages parfaitement semblables réunis dans le matras d'alchimiste qu'était devenue la salle obscure de L'Octobre rouge. Au milieu d'une lente transmutation du réel en quelque chose de bien plus vrai et plus beau…

Je revins à moi en sursaut. Les grandes bottes de mon voisin avaient accroché mes pieds au passage. Il quittait la salle une ou deux minutes avant la fin. Le matras se brisa. Je faillis courir derrière lui en chuchotant : «Mais attendez, vous allez manquer la scène la plus belle du film !» C'était celle où la jeune voisine s'endormait près de la porte du héros en découvrant sa longue cuisse de la huitième couleur de l'arc-en-ciel…

Je ne courus pas. Je ne criai pas. On entendit la porte latérale se refermer doucement. L'homme en peau d'ours disparut…

Quand la lumière revint, nous vîmes dans la foule lente, éblouie et souriante, deux officiers. Les pattes de col de leurs tuniques étaient d'un ton cramoisi, signe distinctif des unités qui surveillaient le camp. Les spectateurs leur jetaient des regards amusés, furtifs, qui semblaient dire : « Ah ! vous aussi… »

Oui, eux aussi avaient séjourné dans le matras magique. À côté du redoutable Guéra…

Je n'ai jamais parlé de lui à Samouraï, ni à Outkine. Ils m'auraient sans doute ri au nez. Depuis cette étrange séance j'ai compris que la magie se rompt justement parce que l'homme n'ose pas en parler, ni y croire. Il se montre indigne du miracle en essayant de le réduire à quelque banale cause matérielle.

D'ailleurs, durant ce temps de redoux, on n'était pas à un miracle près. Le lendemain de l'apparition mystérieuse de l'homme en peau d'ours, nous vîmes dans la file d'attente… le grand-père d'Outkine ! Il demeura tout confus, comme un adulte pris en flagrant délit d'enfantillage. Et il se hâta de se justifier :

– Qu'est-ce que vous voulez, tout le monde ne parle que de ça… Un ami médecin m'a raconté que son malade lui avait demandé de retarder l'opération pour pouvoir venir voir ce film. Alors moi…

Et pour se disculper, il paya les quatre billets.

Pourquoi Belmondo ?

Avec son nez aplati, il ressemblait à beaucoup d'entre nous. Notre vie – taïga, vodka, camps – sculptait des visages de ce genre. Des visages d'une beauté barbare qui perçait à travers la rudesse des traits torturés.

Pourquoi lui ? Parce qu'il nous attendait. Il ne nous abandonnait pas au seuil de quelque luxueux palace, mais grâce au va-et-vient entre ses rêves et son quotidien, il se retrouvait toujours à côté de nous. On le suivait dans l'inimaginable.

Nous l'aimions aussi pour la magnifique inutilité de ses exploits. Pour le joyeux absurde de ses victoires et de ses conquêtes. Le monde dans lequel nous vivions reposait sur la finalité écrasante de l'avenir radieux. Nous étions tous inscrits dans cette logique – la tisseuse s'agitant entre ses cent cinquante métiers, les marins-pêcheurs ratissant les quatorze mers de l'Empire, les bûcherons s'engageant à abattre chaque année davantage. Cette progression irrésistible marquait le but de notre présence sur cette planète. La remise de décorations au Kremlin en était le symbole suprême. Et même le camp trouvait sa place dans cette harmonie calculée – il fallait bien un endroit pour ceux qui se montraient momentanément indignes du grand projet, pour ces inévitables scories de notre existence paradisiaque.

Mais vint Belmondo avec ses exploits pour rien, avec ses performances sans but, son héroïsme gratuit. Nous vîmes la force qui s'admirait sans songer au résultat, l'éclat des muscles qui ne se préoccupaient pas des records de productivité à battre. Nous découvrîmes que la présence charnelle de l'homme pouvait être belle en soi! Sans aucune arrière-pensée messianique, idéologique ou futuriste. Désormais, nous savions que ce fabuleux en-soi s'appelait « Occident ».

Et puis, il y avait aussi cette rencontre à l'aéroport. L'espionne qui accueillait notre héros devait avoir sur elle un objet convenu, un signe de reconnaissance. Et ce fut un… *karavaï*, cette miche de pain noir russe, on ne peut plus russe, et appelé en russe dans un film français! Un hurlement de plaisir et de fierté nationale parcourut les rangs du cinéma L'Octobre rouge… En revenant à Svetlaïa, nous ne parlions, cette fois, que de cela : donc, là-bas, en Occident, ils savaient un peu que nous existions!

Pourquoi Belmondo?

Parce qu'il arriva au bon moment. Il surgit au milieu de la taïga enneigée, comme propulsé par une fantastique cascade. Oui, c'était l'une de ses cascades – éblouissante série de sauts, de courses-poursuites, de coups de pistolet et de coups de poing, de culbutes, de tours de volant, d'envols et d'atterrissages. C'est ainsi qu'il avait atterri en pleine taïga!

Il arriva au moment où la coupure entre l'avenir promis et notre présent était sur le point de nous rendre irrémédiablement schizophrènes. Quand, au nom de notre projet messianique, les pêcheurs s'apprêtaient à ne pas laisser un seul poisson dans les mers, et les bûcherons à transformer la taïga en un désert de glace. Alors qu'au Kremlin un vieillard décorant l'autre le sacrait « trois fois Héros du travail socialiste » et « quatre fois Héros de l'Union soviétique ». Et sur la poitrine rétrécie du décoré, il ne restait plus de place pour accrocher toutes ces étoiles d'or…

Il y avait tout cela dans la cascade sibérienne de Belmondo. Le Kremlin, les cent cinquante métiers à tisser, la vodka comme seul moyen de combattre la rupture schizophrène entre l'avenir et le présent. Et aussi le disque du soleil couchant embrouillé dans les barbelés…

Il sauta d'un hélicoptère accroché au bout du ciel sibérien, roula dans la neige et surgit sur l'écran en nous invitant à le suivre… C'était une promenade au bord de la mer chaude. En nous retournant tout le temps sur la silhouette lointaine de l'avenir radieux, nous avançâmes en tâtant du pied cette *terra incognita* de l'Occident.

Mais plus que toute autre chose : l'amour…

Qu'en savais-je, qu'en savaient tous les spectateurs avant son arrivée ? Nous savions qu'il existait un amour de « je l'ai faite ». Le plus répandu, la monnaie courante de la vie sentimentale dans notre rude contrée. Et l'amour-attente éternelle près du bac… Enfin, un autre, celui que nous découvrions d'habitude sur l'écran de L'Octobre rouge. Je me souviens d'un film très typique sur l'amour…

C'étaient elle et lui. Un sentier au milieu des champs de seigle, au soir. Ils marchent en silence, artistiquement timides, en émettant de temps en temps des soupirs éloquents. Le moment décisif approche. La salle se fige, se tasse, en attente de quelque logique enlacement. Le jeune kolkhozien enlève sa casquette, fait un large geste circulaire et déclare :

— Macha, le seigle, cette année, je parie qu'on en prendra douze quintaux par hectare !

Un râle de frustration avait secoué l'obscurité de la salle…

Surtout que l'héroïne était très belle et son partenaire positivement viril. Aurait-on déchiré sa robe en lambeaux que nous aurions pu contempler les mêmes seins rebondis que risquait de perdre la ravissante enchaînée de Belmondo. Se serait-elle laissée glisser dans l'herbe – ce que toute la salle désirait ardemment – et le galbe de ses cuisses aurait rivalisé allègrement avec les courbes sensuelles de l'espionne...

Mais, au-dessus des champs du soir, les amoureux ne voyaient que la silhouette brumeuse du projet messianique, les cimes ensoleillées de l'avenir. Et ils se mettaient à parler de la récolte en étouffant leurs élans naturels... Le baiser venait comme un supplément plus ou moins facultatif. C'est lui qui éteignait l'écran. Et avant que celui-ci s'éclaire de nouveau, on entendait les premiers vagissements du bébé qui apparaissait dans les bras de l'heureuse maman. Visiblement, ces ténèbres momentanées transposaient cinématographiquement la nuit de la période utérine...

Entre cette pudeur officielle et l'amour de « je l'ai faite » des camionneurs, le même abîme qui séparait l'avenir prophétique et Nerloug au présent. Au fond de ce gouffre : la maison de la prostituée rousse. Une femme au corps lourd et fatigué. Une femme qui, en pleurant, étale sur une couverture des photos aux bords ouvragés. On ne sait pas pourquoi. Devant un adolescent qui ne pense qu'à cet oiseau mort en lui – son rêve d'amour. Au fond du gouffre, cette nuit de tempête, le Transsibérien rebroussant chemin. Et le visage effacé de la femme au-dessus de la flamme d'une bougie, et ses doigts caressant mes cheveux...

Belmondo tendit la main à cet adolescent avec son oiseau mort blotti près du cœur. Il le tira vers le soleil méridional. Et le magma effrayant et indicible de l'amour commença à se dire avec une clarté occidentale : séduction, désir, conquête, sexe, érotisme, passion. En vrai professionnel de l'amour, il analysa même l'éventuel échec et la déception qui guettent le jeune séducteur aux premiers pas de son aventure. On le vit préparer un dîner aux chandelles auquel avait été conviée la voisine. Il mit un costume noir, attendit indéfiniment et… s'endormit dans une pause de gladiateur vaincu. Elle n'était pas venue…

Oui, le saut dans le gouffre d'amour était aussi un élément de sa cascade sibérienne. Et pour qu'on n'ait aucun doute à ce sujet, il vint s'installer, déguisé en Guérassim Tougaï, à côté de moi au premier rang de L'Octobre rouge…

Le dégel ne dura que quelques jours. L'hiver prenant sa revanche sur cette parenthèse lumineuse apporta un souffle polaire acéré, figea les étoiles dans le cristal noir du ciel.

Mais Belmondo résista. Chaque jour libre, ou le plus souvent en manquant nos cours à l'école, nous nous réveillions avant le lever du soleil et nous partions à la ville. La quatorzième fois, la quinzième, la seizième… Nous ne nous lassions pas.

10

Dans la forêt il faisait encore nuit. La neige était tantôt dorée par la lune, tantôt intensément bleue. Chaque jeune sapin rappelait une bête aux aguets, chaque ombre était vivante et nous observait. Nous parlions peu, n'osant pas rompre le silence solennel de ce royaume endormi. De temps à autre une branche de sapin se libérait d'un grand chapeau blanc de neige. Nous entendions son frôlement assourdi, puis le bruit étouffé de sa chute. Et les cristaux voltigeaient encore longtemps sous cette branche réveillée et s'irisaient en paillettes vertes, bleues, mauves. Et tout se figeait de nouveau dans la somnolence argentée de la lune... Parfois nous percevions ce léger frôlement, mais toutes les branches restaient immobiles. Nous tendions l'oreille : « Des loups ? » Et, au-dessus de la clairière, nous voyions passer l'ombre d'un hibou. Le silence était si pur que nous croyions sentir la densité et la souplesse de l'air glacé qu'incisaient les grandes ailes grises de l'oiseau.

C'est durant ces heures encore ombrées de nuit que j'aimais revenir à mon secret...

Mes compagnons traversaient la forêt pour aller voir une comédie, pour apprendre quelques nouvelles répliques par cœur, pour rire. Et moi, si je me rendais à L'Octobre rouge, c'était pour participer à une miraculeuse transfiguration : bientôt j'allais avoir un autre corps, une autre âme, et l'oiseau dans ma poitrine allait s'ébattre autour de mon cœur en hérissant ses plumes. Mais pour le moment, il ne bougeait pas. Et avec un plaisir douloureux je portais en moi ma peine d'adulte – la maison de la femme rousse.

Ma douleur, je la croyais unique, tout autant qu'inimitable la transfiguration qui m'attendait sur la terre promise de l'Occident. Et j'aurais été très étonné d'apprendre que Samouraï et Outkine, qui glissaient à travers la taïga endormie, emportaient aussi sous leurs touloupes une douleur et un espoir. Une énigme. Un passé mystérieux. Je n'étais pas le seul élu…

Le mystère de Samouraï était rude et simple. Il me le confia un soir d'hiver, un mois après l'arrivée de notre héros… Nous étions dans notre petite isba des bains, lui dans son baquet de cuivre, moi étalé sur le bois chaud et humide du banc. Des rafales de vent criblaient l'étroite fenêtre de neige sèche, celle des grands froids. Samouraï resta longtemps silencieux, puis il se mit à parler sur un ton plaisant, enjoué.

Comme quand on raconte une espièglerie de son enfance. Mais on sentait que sa voix nonchalante risquait de déraper à tout moment sur un cri de douleur étouffé…

Il devait avoir dix ans à l'époque. Par une journée chaude de juillet, une de ces journées brûlantes de l'été continental, Samouraï – qu'on n'appelait pas encore Samouraï – sortait de l'eau en courant. Tout nu, il grelottait sous ce soleil cuisant. La rivière ne parvenait pas à se réchauffer durant ces quelques semaines de canicule.

Il sortit et courut vers les buissons auxquels il avait accroché ses vêtements. Soudain, trébuchant sur une pierre ou une grosse racine, il tomba. Il n'eut pas le temps de comprendre que ce n'était pas une racine, mais un croche-pied adroit… Deux mains l'empoignèrent à la taille. À quatre pattes, il fit une tentative pour se dégager, ne devinant encore rien. Au même moment, il vit devant lui des bottes de cuir, sentit le poids d'une main qui attrapait ses cheveux humides. Il poussa un cri. Celui qui lui serrait les hanches se mit alors à lui donner des coups de poing dans les reins. Samouraï arqua le dos, gémit, voulut de nouveau s'enfuir. Mais la lourde main qui empoignait ses cheveux enserrait maintenant son visage, comme une muselière. Deux doigts aux ongles jaunes et plats s'enfoncèrent dans le bas de ses orbites – c'était une

mise en garde : « Encore un cri et je te crève les yeux. »
Il eut pourtant le temps de remarquer que l'homme,
devant lui, s'était mis à genoux. Il entendit quelques
jurons, des ricanements un peu nerveux. Samouraï ne
comprenait pas pourquoi, s'ils voulaient le tuer, ils
tardaient à tirer un couteau ou une pique... Tout à
coup, il lui sembla que celui qui était derrière voulait
déchirer son corps nu en écartant ses jambes humides.
Samouraï cria de douleur et, d'un petit éclat de vue qui
lui restait encore, il vit que l'un des agresseurs se mettait à déboutonner son pantalon...

Au moment du danger, l'enfant rejoint plus facilement l'animal qui n'est pas encore tout à fait assoupi
en lui. C'est l'agilité de cet animal qui sauva Samouraï.
Son corps exécuta une série de mouvements d'une
rapidité inaccessible à la perception humaine. Ce
n'étaient pas des gestes, mais plutôt une vibration fulgurante qui parcourut son corps de la tête aux pieds.
Son bras rejetait la main qui le muselait à l'instant
même où sa tête se redressait légèrement pour affaiblir
la pression des doigts dans les yeux. Son pied brusquement relevé entrait dans le ventre de son agresseur.
Son épaule touchait l'herbe en entraînant ce corps
vibrant vers la rivière...

Il n'avait pu devenir tout à fait une jeune bête
prise au piège. Au dernier moment quelque chose
sembla craquer dans son dos. Une douleur poignante

le transperça jusqu'à la nuque. Samouraï crut ne plus pouvoir faire un seul pas. Mais dès qu'il plongea dans l'eau, la douleur le quitta. Comme si le courant froid et souple avait tout remis en place dans son jeune corps torturé…

Il se retrouva sur la rive opposée. Il contempla la rivière avec stupéfaction. Jamais il n'avait traversé l'Oleï à la nage. Trop large, trop rapide. Il ne sentait pas son corps, ne pouvait distinguer sa respiration du souffle des cèdres. Sa tête mouillée résonnait en fondant dans le ciel lumineux. Et quelque part, au milieu de ce corps sans limites dissipé dans l'immensité de la taïga, on entendait la voix répétée et sonore d'un coucou…

Sur la rive opposée, Samouraï ne vit personne. Il attendit le soir pour y revenir. Il nagea, cette fois, en s'accrochant à un tronc d'arbre flottant. L'Oleï redevenait infranchissable. On n'avait pas touché à ses vêtements. Sur le sol piétiné traînaient quelques mégots…

C'est depuis ce jour-là que Samouraï eut la hantise de la force.

Autrefois, le monde était bon. Et simple. Comme la lumière tranquille de ces nuages blancs dans le ciel et leur reflet dans le miroir vivant de l'Oleï. Maintenant, il y avait cette matière visqueuse qui stagnait dans les pores sombres de la vie dissimulés par les mots, par les sourires, cette matière : la force. À tout moment elle

AU TEMPS DU FLEUVE AMOUR

pouvait vous envelopper, vous écraser contre le sol, vous casser en deux.

Samouraï se mit à détester les forts. Et pour pouvoir leur résister, il décida d'aguerrir son corps. Il voulut que l'agilité d'animal qui l'avait sauvé devienne toute naturelle...

Avant l'automne il sut traverser la rivière, aller et retour, sans se reposer. C'est lui qui eut l'idée de se jeter tout nu dans la neige en sortant des bains sous le ciel glacé. Au départ, ce n'était qu'un exercice guerrier... Il savait aussi qu'il fallait endurcir la tranche de la main. Comme faisaient les Japonais. Bientôt, il cassait de grosses branches sèches du premier coup. À treize ans, il avait la force d'un homme adulte. Il n'en avait pas encore l'endurance. Il arrivait souvent à l'école, le visage couvert de bleus, les osselets des doigts écorchés. Mais souriant. Il n'avait plus peur des forts.

Puis, un jour, il troqua une minuscule pépite d'or (nous en avions tous un certain nombre) contre une belle carte postale étrangère. On voyait sur son image lustrée une mer bleue, une avenue bordée de palmiers, des maisons blanches aux larges fenêtres. Il s'agissait de Cuba. Les journaux ne parlaient que de ce pays et de son peuple qui avait le courage de résister à la puissance des États-Unis. La haine des forts trouva son objet planétaire : Samouraï s'éprit de la petite île et détesta les Américains. Son attachement romantique s'incarna dans une figure féminine rêvée : une belle compagne d'armes, une jeune guerrière au charme créole, vêtue d'un treillis aux manches retroussées…

Mais cet amour, tout comme cette haine, venait trop tard. L'enthousiasme révolutionnaire était bien loin, et même dans notre fin fond sibérien on commençait à se moquer ouvertement de l'ancien ami barbu. Et de Samouraï dont la passion était connue de tout le monde. À l'école, les gars chantaient souvent à son intention des couplets très à la mode, sur l'air du chant des héroïques « barbudos » de Castro, mais les paroles étaient toutes différentes, trafiquées :

Cuba, rends-nous notre blé !
Et notre vodka en outre…
Cuba, reprends ton sucre mouillé !
Castro, on n'en a rien à foutre !

Samouraï leur jetait un regard méprisant. Il ignorait cette insolence des faibles : ces persifleurs savaient qu'il ne s'abaisserait pas à leur donner une correction… Mais au fond de lui-même, Samouraï se posait beaucoup de questions embarrassantes… Surtout depuis ce jour où le dernier coup bas lui fut porté par l'Histoire.

C'était après une leçon de géographie. Ce jour-là, le professeur parlait de l'Amérique centrale. Quand la sonnerie retentit et que la salle se vida, Samouraï s'approcha du bureau et retira de son sac la belle carte avec une vue de La Havane. La mer d'azur, les palmiers, les villas blanches, les promeneurs bronzés. Le professeur l'examina, puis, la retournant, lut la légende.

– Ah! mais bien sûr, c'était avant la Révolution! constata-t-il. Je me disais aussi...

Il se tut, puis rendant la carte à Samouraï, expliqua en détournant le regard :

– Tu sais, ils sont dans une situation économique assez difficile... Sans notre aide ça serait vraiment dur. Un ancien ami a travaillé là-bas comme coopérant. Il raconte que même les chaussettes sont rationnées, une paire par an à chacun... Enfin, c'est le blocus impérialiste, bien sûr, qui fait ça...

Samouraï fut bouleversé. Il fallait imaginer les audacieux « barbudos », mitraillette au poing, faire la queue pour obtenir une nouvelle paire de chaussettes!

Lorsque Belmondo arriva, Samouraï avait seize ans. Toutes les questions maudites éveillées par son amour trahi étaient en train de se transformer en une plaie qui l'empêchait de voir, de respirer, de sourire. Il était devenu fort, mais le mal qu'il se proposait de combattre se renouvelait comme les têtes de l'Hydre – avec l'arrivée d'une nouvelle équipe de bûcherons, avec une nouvelle bagarre d'ivrognes sur le perron du magasin de vins. C'est juste s'il était parvenu à conquérir une étroite zone de sécurité autour de sa propre personne. La vie ne changeait pas. Et la belle compagne d'armes, en pantalon kaki et en treillis aux manches retroussées, se faisait attendre. En plus, le blue-jean yankee, en faisant son apparition sur les jambes dodues d'un fils d'apparatchik local, fit des ravages dans les jeunes âmes sibériennes...

Fallait-il alors continuer de casser les branches avec la tranche de la main ? Traverser la rivière en tenant au-dessus de la tête une barre de fer, réplique de la future mitraillette ? Rabrouer les bûcherons ivres ? Couper les têtes de l'Hydre, en dédoublant le mal ? Vivre comme sur une île assiégée ? Défendre les faibles qui vous jettent dans le dos leurs moqueries perfides ?

C'est alors que Samouraï rencontra Belmondo. Il vit ces exploits pour rien, cette lutte pour la lutte. Il découvrait que se battre pouvait être beau. Que le coup porté avait son élégance. Que le geste prévalait souvent sur le but de l'effort. Que c'était le panache qui comptait.

Samouraï découvrait l'amère esthétique de la lutte désespérée contre le mal. Il y vit l'unique issue du labyrinthe de ses questions maudites. Oui, se battre en ne pensant qu'à la beauté du combat ! Se lancer en cavalier seul dans la cascade guerrière. Et quitter le champ de bataille avant que les faibles reconnaissants viennent vous encenser ou vous reprocher quelques excès. Oui, se battre tout en sachant que la victoire serait de courte durée. Comme dans le film... L'éditeur, vaincu, ridiculisé, privé de sa perruque, s'installerait dans son bureau inaccessible, mais c'est la beauté de ces quelques instants finals qui serait la meilleure récompense pour le héros : enlaçant sa belle voisine reconquise, il jette du balcon les feuilles de son manuscrit à l'éditeur et à sa clique qui battent en retraite. Quelle folie, mais quel geste !

Une semaine après la première séance, Samouraï se battit contre deux camionneurs ivres dans la cantine d'ouvriers. Tout était respecté dans ce scénario de bagarre classique. Les criaillements stridents de la cantinière, le silence du troupeau humain saisi par la peur et par le réflexe du « cela ne me regarde pas ». Et le jeune premier qui se lève du fond de la salle et s'approche des deux agresseurs. Les camionneurs étaient des nouveaux venus, ils ne savaient pas que la main de ce jeune homme cassait de grosses branches du premier coup. Deux ou trois sifflements de cette main-sabre suffirent pour les jeter dehors. Mais Samouraï ne pouvait plus se contenter d'un tel dénouement. Il revint dans la cantine et, sous les regards des clients figés devant leurs assiettes, il posa près de la caissière tapie derrière son comptoir un rouble froissé en disant :

— Ces malheureux ont oublié de payer leur soupe !

Et il sortit dans le vent glacé, accompagné d'une rumeur d'admiration…

Rentrant à la maison, il s'assit devant un miroir et se dévisagea longuement. Une boucle de cheveux sombres barrant le front, un nez légèrement écrasé — trace de quelque combat inégal —, des lèvres tendues dans un pli volontaire, une mâchoire inférieure lourde, habituée aux boulets des pesants poings d'hommes. Il lança un clin d'œil amical à celui qui le regardait dans le miroir. Il l'avait reconnu. Il s'était reconnu… Jamais notre fabuleux Occident ne lui avait paru aussi proche !

11

Le soleil se levait quand nous sortions de la taïga vers la vallée de l'Oleï. Comme si nous laissions la nuit au fond de ce royaume endormi des sapins, dans l'ombre argentée que traversait sur ses ailes le grand hibou cherchant un refuge pour la journée.

Le disque rouge émergeait d'un voile froid et, lentement, effaçait les gammes du gris et du bleu avec celles du rose. En secouant notre torpeur nocturne, nous nous mettions à parler, à échanger nos impressions de la dernière séance. Mais surtout, jusqu'à l'épuisement, jusqu'à l'extinction de voix, à imiter Belmondo…

Cette fois, au seizième voyage pour le film, Samouraï nous devança un peu, s'engageant à grands pas dans la plaine qui attirait par sa surface mauve et lisse. Je m'arrêtai pour attendre Outkine. Il déboucha sur ce grand espace libre et lumineux, en quittant l'ombre de la forêt, contourna le sommet d'un petit sapin noyé dans la neige et vint me rejoindre.

J'étais toujours un peu gêné par son regard. Par ce mélange de jalousie, de désespoir et de résignation avec lequel il scrutait mon visage…

Cette fois, il n'en était rien. Traînant sa jambe mutilée, il s'approcha de moi, son épaule droite pointant vers le ciel, et me sourit. Il me dévisageait comme son égal, sans aucune amertume ni jalousie. Sa démarche de canardeau semblait ne plus le préoccuper. Je fus frappé par la sérénité de son visage. En reprenant la route, je me dis que je voyais ces yeux calmes et comme assagis déjà depuis un certain temps. Je ralentis un peu ma course en me laissant devancer et, répondant machinalement aux paroles de mes compagnons, je me mis à penser au mystère d'Outkine.

Car, pour lui aussi, la séance de dix-huit heures trente était bien plus qu'une simple comédie burlesque…

C'est que ce jour lointain de printemps, quand son corps avait été broyé par les glaces de la débâcle, ses yeux d'enfant avaient changé de vision. Outkine acquit alors une vue particulière que seules la douleur ou la jouissance extrêmes peuvent procurer. En ces moments, nous pouvons nous observer – avec recul – comme un étranger. Un étranger méconnaissable, dans cette douleur trop forte, dans les spasmes d'un plaisir violent. Pour quelques instants nous supportons ce dédoublement…

Outkine se vit ainsi. Contre le mur clair d'une chambre d'hôpital. Sa souffrance était si dure qu'il avait presque envie de se demander : « Mais qui est-il, ce petit gars maigre qui geint et frissonne dans sa carapace de plâtre ? » Oui, ce fut très tôt, à l'âge de onze ans, qu'il expérimenta cette vision – ce corps estropié qui crie, qui souffre, et, à côté, on ne sait pas trop où, ce regard détaché, apaisé. Cette présence, amère et sereine. Semblable à une journée d'automne claire, à l'odeur pénétrante de feuilles mortes. Cette présence c'était aussi lui, Outkine le savait, oui, une part de lui. Peut-être la plus importante. En tout cas la plus libre. Il n'aurait pas su dire ce que représentait pour lui ce dédoublement. Mais, intuitivement, il percevait la tonalité de cet imaginaire instant d'automne en lui...

Il suffisait de fermer les yeux, de se mettre à l'unisson avec ce soleil bas scintillant dans les feuilles jaunes, avec cette odeur clarifiée de la forêt, avec cet air limpide... Et l'on pouvait se poser une question calme, désintéressée : « Mais qui est-il, ce jeune gars qui traîne sa jambe mutilée et pointe une épaule vers le ciel ?... »

Outkine aimait venir dans cette journée qu'il n'avait jamais vue, y rester au milieu des arbres inconnus aux larges feuilles ciselées, jaunes et rouges, qu'on ne trouvait pas dans la taïga. Regarder à travers ce feuillage empli de soleil le petit bonhomme qui s'en allait en boitant, la tête baissée sous les rafales de neige...

Le mystère d'Outkine... L'essentiel, c'est que l'énorme triangle de glace qui s'était soudainement détaché de la berge du fleuve lui laissa le temps de réaliser ce qui se passait. Il eut le temps d'apercevoir la foule de badauds qui reculait en distinguant le crissement menaçant, d'entendre leurs cris. Et d'avoir peur. Et de comprendre qu'il avait peur. Et d'essayer de se sauver sans faire rire l'attroupement humain par ses bonds. Et de comprendre que c'était idiot de se soucier du rire des autres. Et de penser : c'est moi, oui, c'est bien moi, je suis seul sur cette glace qui se brise, se renverse dans les flots, c'est moi, c'est le soleil, le printemps, j'ai peur...

Sa douleur, tel un cristal taché par les incrustations des impuretés, garderait cette poussière de pensées fébriles et banales. Elles se graveraient dans ce cristal, dans sa transparence de larmes gelées.

Le fleuve était trop puissant, son souffle, même au moment de la débâcle, trop lent pour que le malheur puisse être subit. Les yeux du garçon le vivaient comme au ralenti. L'homme qui, risquant d'être lui-même écrasé par les glaces, retira Outkine, s'écria joyeusement :

– Regardez-moi ce canardeau mouillé ! Encore un peu et il aurait plongé… Non, mais c'est un vrai canardeau !

Il continuait à pousser des petits rires, pour dissimuler sa propre peur, pour rassurer les badauds. Outkine, qui devenait à ce moment le Canardeau-Outkine, était assis sur la neige, recroquevillé en une boule humide, et il regardait l'homme qui riait en essuyant ses mains écorchées contre son pantalon. Il le regardait de son œil trouble, profitant des derniers instants avant le déferlement de la douleur. Par un pressentiment indicible, il devinait que ce rire venait déjà d'une tout autre époque de sa vie. Et ces encouragements des badauds qui se demandaient s'il fallait appeler une ambulance, ou si le Canardeau allait se remettre tout seul en se séchant et en buvant un thé chaud. Ce soleil aussi était un soleil d'autrefois. De même que la beauté

du printemps. Et ce surnom qu'il venait de recevoir
– Outkine – s'appliquait, en fait, à un être qui n'existait plus – à un garçon comme un autre qui était venu
contempler la débâcle en cette matinée très ordinaire
de sa vie...

Et quand, soudain, la neige devint toute noire,
quand le soleil se mit à sonner en vibrant, en pénétrant dans le corps de sa masse brûlante, quand les
crêtes des premières vagues de douleur se mirent à lui
fouetter le visage, Outkine entendit pour la première
fois cette voix lointaine : « Mais qui est-ce, ce petit gars
qui crie sa peine en recrachant le sang de ses poumons
écrasés, en se débattant dans la neige fondue comme
un jeune oiseau aux ailes cassées ? »

Le fait que le malheur était arrivé sans hâte, au
rythme de la puissance du fleuve et de l'immensité
des glaces, dirigea Outkine vers une réflexion étrange
et très éloignée de ses préoccupations enfantines. Il
commença à douter de la réalité de tout ce qui l'entourait. À douter de la réalité elle-même...

Dès le jour où, de l'hôpital, on le ramena à la maison, ce doute surgit. Outkine était assis dans la pièce
de leur isba, une pièce très propre, emplie d'objets
bienveillants, dont chacun faisait entendre un léger
écho de souvenirs, une pièce qui avait la douce tonalité
de la présence maternelle. Sa mère apporta de la cuisine une bouilloire, posa deux tasses sur la table,

prépara le thé. Outkine savait déjà que sa vie ne serait jamais plus comme avant. Que désormais le monde avancerait à sa rencontre en répétant les cahots de sa démarche boiteuse. Que le tourbillon des jeux de ses camarades le rejetterait toujours du centre vers la périphérie, vers l'inaction. Vers l'exclusion. Vers l'inexistence. Il savait que sa mère aurait toujours cette intonation enjouée dans la voix et cet éclat sombre du désespoir dans les yeux qu'aucune tendresse ne saurait dissimuler.

De nouveau, il se souvint de ce malheur au ralenti – la marche pesante et majestueuse des glaces, leur collision titanesque, le bruit assourdissant du choc, l'empilement des énormes éclats découvrant ces blocs d'une transparence verdâtre, de plus d'un mètre d'épaisseur. Sa mémoire reproduisit avec une précision infaillible la suite syncopée de ses pensées. Debout sur le triangle de glace, s'agrippant à l'impossible équilibre, il avait eu peur du rire des autres... Et c'est sans doute cette crainte du ridicule qui l'avait rendu maladroit...

Oui, cela avait tenu à si peu de chose. S'il avait été un peu plus rapide, un peu moins embarrassé par le regard de la foule massée sur la rive, rien n'aurait changé. S'il s'était écarté de quelques centimètres du bord du fleuve, ce thé qu'il allait prendre avec sa mère aurait pu avoir un tout autre goût, et la journée de printemps derrière les fenêtres un tout autre sens. Oui, la réalité n'aurait pas changé.

Ébahi, il découvrait que ce monde solide, évident, régi par les adultes qui savaient tout, s'avérait soudain fragile, improbable. Quelques centimètres de plus, quelques regards moqueurs interceptés, et vous vous retrouvez dans une tout autre dimension, dans une autre vie. Une vie où les camarades d'hier s'envolent en vous laissant boiter dans la neige fondue, où la mère fait un effort surhumain pour sourire, où l'on s'habitue peu à peu à ce que vous êtes comme ça, en vous figeant définitivement dans cette nouvelle apparence.

Cet univers, tout à coup incertain, le terrifiait. Mais parfois, sans pouvoir l'exprimer clairement, Outkine éprouvait une vertigineuse liberté en pensant à sa découverte. En effet, tous ces gens prenaient le monde au sérieux, persuadés de son évidence. Et lui seul savait qu'il suffisait d'un rien pour rendre cet univers méconnaissable.

C'est alors qu'il se mit à séjourner dans cet automne ensoleillé qu'il n'avait jamais vécu, au milieu de larges feuilles jaunes qu'il n'avait jamais vues. Il ne pouvait même pas dire comment cette journée naissait en lui. Mais elle naissait. Outkine fermait les yeux et respirait l'odeur forte et fraîche du feuillage... De temps en temps, un petit chuchotement désagréable se mettait à grésiller dans sa tête : « Cette journée n'est pas réelle, et la réalité c'est que tu es un boiteux dont personne ne veut pour ses jeux. » Outkine ne savait pas quoi répondre à cette voix. Inconsciemment, il devinait que la réalité, dépendant de quelques centimètres et de quelques ricanements de badauds, était plus irréelle que n'importe quel rêve. Ne pouvant pas le dire, Outkine souriait en plissant les yeux sous le soleil bas de sa journée d'automne. L'air était translucide, les fils de la vierge voltigeaient en ondoyant légèrement… Et cette beauté était son meilleur argument.

Et puis, un jour, il avait déjà treize ans – deux ans de sa nouvelle vie – son grand-père lui donna à lire un récit. Le grand-père, cet ours polaire taciturne et solitaire, avait été journaliste. Son texte, deux pages et demie tapées à la machine, portait l'empreinte ineffaçable du style journalistique, presque aussi tenace que cette lettre « k » dans sa frappe, qui voulait toujours grimper plus haut que les autres. Mais Outkine ne remarqua même pas ces détails d'écriture, tant il fut bouleversé par l'histoire. Et pourtant, l'histoire n'avait rien d'extraordinaire.

Tel un reporter au pays de sa jeunesse, le grand-père évoquait une colonne de soldats, embourbée quelque part sur les routes de la guerre, sous la pluie glacée de novembre. Leur armée battue, dispersée, reculait devant l'avancée des divisions allemandes, en cherchant refuge plus près du cœur de la Russie… Les forêts nues, les villages morts, la boue…

« Chaque soldat emportait avec lui le souvenir de quelque cher visage, mais moi je n'avais personne. Pas d'amie, je me croyais laid et j'étais très timide, pas de fiancée, j'étais en plus très jeune, pas de parents, le destin l'avait voulu ainsi. Personne à qui j'aurais pu penser. J'étais le plus seul sous le ciel gris et bas. De temps en temps, une télègue devançait notre colonne. Un cheval maigre, un amas de malles, quelques visages apeurés. Nous étions pour eux les soldats de la défaite. Un jour, nous croisâmes une télègue arrêtée en rase campagne. Crépuscule pluvieux, vent, route défoncée. Je marchais derrière les autres. Il n'y avait plus aucun ordre dans nos rangs. Une femme, un bébé dans les bras, leva le visage comme pour nous dire adieu. Son regard effleura le mien. Un instant… La nuit tomba et nous marchions toujours. Je ne savais pas encore que je me souviendrais durant toute ma vie de ce regard. À la guerre. Puis, pendant sept longues années dans le camp. Et aujourd'hui… Marchant dans le crépuscule, je me disais : "Dans la nuit, ils emportent chacun leur souvenir. Et moi, j'ai à présent ce regard…" Une illusion ? Une chimère ? Peut-être… Mais grâce à cette illusion j'ai traversé l'enfer. Oui, si je suis vivant, c'est grâce à ce regard. Ce refuge où les balles ne m'atteignaient pas, où les bottes des gardiens qui me fracassaient les côtes ne parvenaient pas jusqu'au cœur… »

Outkine lut, relut ce récit, se le raconta à plusieurs reprises. Et, un jour, retournant à son histoire simple, il pensa : « Mais s'il ne m'était pas arrivé ce qui m'est arrivé, je n'aurais jamais compris le sens de ce regard qu'un soldat emportait dans ses yeux à travers la nuit de guerre… »

Outkine était sûr de sa journée d'automne lumineuse. Mais l'homme se réveillait déjà dans ce corps d'adolescent, dans cette enveloppe frêle et estropiée. Le monde sécrétait son savoureux poison du printemps, l'ambre mortel de l'amour, la lave des corps féminins. Outkine aurait voulu s'envoler pour nous rejoindre, nous qui planions déjà dans ces émanations enivrantes. Son élan se brisait, son envol le projetait vers la terre.

Il avait le même âge que moi, quatorze ans, en cet hiver mémorable. La partie féminine de l'école avait manifesté, au moment du malheur et quelque temps après, une attention particulière à son égard. Le réflexe maternel envers un enfant blessé. Mais, très vite, son état devint ordinaire, donc sans intérêt. De futures mères qui l'aimaient comme une poupée malade, ces

fillettes devenaient de futures fiancées. Il ne les inté-
ressait plus.

C'est alors que je commençai à surprendre le regard
qu'Outkine arrêtait sur mon visage : un mélange de
jalousie, de haine et de désespoir. Une interrogation
muette, mais déchirante. Et quand, lors de notre baignade, les deux jeunes inconnues nous contemplaient
nus, Samouraï et moi, surtout moi, à travers la danse
des flammes, je compris que l'intensité de cette interrogation pouvait un jour tuer Outkine.

Mais vint Belmondo... Et en allant pour la seizième
fois voir son film, Outkine sortit de l'ombre violacée
de la taïga, fit quelques pas dans ma direction en me
regardant avec un sourire vague comme s'il venait de
se réveiller au milieu de cette plaine neigeuse éclairée
du voile mauve d'un soleil matinal. Et dans ses yeux
je ne retrouvai aucune hostilité maladive. Son sourire
faible semblait être la réponse à l'interrogation d'autrefois. Il agita le bras en indiquant Samouraï qui marchait devant, à une centaine de mètres de nous. Puis
rit doucement :

— Celui-ci veut voir plus d'espionnes que nous,
ou quoi ?

Nous accélérâmes un peu pour rattraper Samouraï...

... Oui, un jour Belmondo vint... Et Outkine vit
que sa souffrance et ses interrogations sans réponse

avaient depuis longtemps trouvé en Occident une expression classique : la misère de la vie dite réelle et les feux d'artifice de l'imaginaire, le quotidien et le rêve. Outkine tomba amoureux de ce pauvre esclave de la machine à écrire. C'est ce Belmondo-là qui lui était proche. Celui qui montait l'escalier en gonflant péniblement ses poumons poussifs, ravagés par le tabac. Oui, cet être très vulnérable, en somme. Froissé tantôt par l'indélicatesse de son propre fils, tantôt par la trahison involontaire de sa jeune voisine…

Cependant, il suffisait qu'il y ait une feuille de papier blanc dans sa machine et la réalité se transfigurait. La nuit tropicale, par le philtre magique de ses odeurs, le rendait fort, rapide comme les balles de son revolver, irrésistible. Et il ne se lassait pas de faire la navette entre ses deux mondes, pour les unir, à la fin, par son énergie titanesque : les feuilles de papier noircies voltigeaient au-dessus de la cour et la belle voisine enlaçait ce héros très peu héroïque. Outkine voyait dans ce dénouement une promesse ineffable.

Et quand, à l'école, il montait le grand escalier, en traînant péniblement son pied, il s'imaginait cet écrivain traqué par les misères du quotidien, ce Belmondo des jours pluvieux. Seulement, dans le film, il y avait en haut de l'escalier la jolie voisine pleine de sollicitude amicale. Alors qu'à l'école, dans le défilé des visages rieurs, personne n'attendait Outkine sur le palier. « La vie est bête, disait en lui une voix amère. Bête et méchante… » Mais il y a Belmondo, murmurait quelqu'un d'autre…

À mi-chemin de notre voyage, au milieu du parcours lumineux du soleil, nous nous arrêtions pour manger un peu. Le vent qui soufflait le long de la vallée était cinglant. Nous cherchions un abri, en nous installant sous une dune de neige modelée par la tempête. Le souffle glacial passait au-dessus de sa corniche coupante, la journée paraissait silencieuse, sans le moindre mouvement d'air. Le soleil, le scintillement éblouissant de la neige, le calme parfait. On eut dit que c'était déjà le printemps. De temps en temps, Outkine ou moi, nous appliquions nos paumes au cuir de la touloupe de Samouraï. Sa courte touloupe, peinte en noir, était chaude. Notre ami souriait :

– J'ai là une véritable batterie solaire, pas vrai ?

Nous étions à la mi-mars, en plein hiver encore. Mais jamais nous n'avions ressenti la secrète présence du printemps aussi intensément. Il était là, il fallait seulement connaître les endroits où il s'abritait en attendant son heure.

Le vent frais, un peu de nourriture, la lumière chaude nous enivraient, nous plongeaient dans un assoupissement bienheureux… Mais soudain, une rafale de vent se brisait sur la corniche de la dune avec un sifflement aigu et saupoudrait de fins cristaux de neige nos provisions – quignons de pain, œufs durs, tartines de beurre. Il était temps de terminer le repas et de repartir. Nous raccrochions nos raquettes et grimpions sur la pente blanche, en quittant notre refuge. Le souffle glacé chassait vers nous de longs serpents de poudreuse…

Au coucher du soleil, nous revenions à notre silence du matin. Nous parlions de moins en moins pour nous taire bientôt tout à fait. De la brume bleutée à l'horizon, la silhouette de la ville commençait à se profiler lentement. Nous nous concentrions avant le film…

C'est pendant ce seizième voyage que je perçus une vérité étonnante : nous allions voir chacun un Belmondo différent ! Et une heure après, dans l'obscurité de la salle, j'observais discrètement les visages d'Outkine et de Samouraï. Je crus comprendre pourquoi Outkine ne se joignait pas aux esclaffements joyeux des spectateurs quand l'écrivain poussif luttait contre les marches raides de l'escalier. Et pourquoi le visage de Samouraï restait dur et fermé quand l'époustouflant éditeur s'approchait de la belle enchaînée pour lui enlever un sein…

12

En sortant après la séance, nous entendîmes une voix dans la foule :

– Samedi, ils le passent pour la dernière fois et c'est fini. On y va, samedi ?

Nous nous arrêtâmes tous les trois, abasourdis. Le bâtiment du cinéma, la neige piétinée, le ciel noir, tout nous parut soudain remanié. Sans mot dire, nous nous précipitâmes vers la grande affiche, un rectangle de toile de quatre mètres sur deux représentant le visage de notre héros, entouré de femmes, de palmiers et d'hélicoptères. Nos yeux se figèrent sur la date fatidique :

JUSQU'AU 19 MARS

Lorsque le grand-père d'Outkine vit notre mine, il haussa les sourcils et demanda :

– Qu'est-ce qui vous arrive ? On a fini par tuer votre Belmondo, c'est ça ?

Nous ne savions pas quoi répondre. Même dans cette grande isba hospitalière où un jour l'Occident était né, nous nous sentions abandonnés.

Cependant, la vie est ainsi faite : ce que nous désirons ardemment arrive souvent sous les traits de ce que nous redoutons le plus.

Le jour de notre ultime rendez-vous avec Belmondo, ce 19 mars qui devait marquer une vraie fin du monde, nous vîmes une nouvelle affiche ! À la fois différente de la précédente, et semblable en même temps, car illuminée par l'éclat du sourire et les yeux pétillants que nous reconnûmes de loin. Le dessinateur lui aussi avait dû perfectionner son art – Belmondo paraissait plus vivant, plus décontracté. Et ce visage éclatant était entouré, cette fois, d'animaux : gorilles, éléphants, tigres...

Ce fut d'abord l'explosion d'une joie sauvage : c'est Lui, IL revient ! Puis, une anxiété inavouée qui commençait à nous gagner, un doute qui se mit à ronger nos cœurs fervents : restera-t-il fidèle à lui-même ? Fidèle à nous ?

Oui, ce nouveau Belmondo nous fit d'abord penser à un audacieux imposteur, comme l'un de ces faux tsars qui ont émaillé l'histoire russe. Tel un faux Dimitri ou un faux Pierre III dont nous parlait notre professeur d'histoire... Le malaise s'installa. La dix-septième séance fut celle de la grande angoisse.

Tout au long du film, inconsciemment, nous attendions de lui un geste, un clin d'œil. Ou une réplique convenue qui nous aurait rassurés en attestant l'authenticité du film suivant. Nous le guettions surtout dans la dernière scène : voilà, il apparaît sur le balcon, il sourit, il jette les pages du manuscrit... C'est là que nous espérions une passerelle !

Mais Belmondo, la main gauche sur la hanche de la voisine séduite, restait imperturbable. Il semblait jouir tranquillement du suspense qui était pour nous une vraie torture.

À l'issue de la séance, nous réexaminâmes le panneau. Le visage de notre héros recréé avec de la peinture trop fraîche, trop éclatante, nous parut artificiel. Nous interrogeâmes longuement son regard dans la lumière blanchâtre d'un réverbère nocturne. Son mystère nous inquiétait...

Le jour de la première, nous gardâmes le silence durant tout le voyage. Sans nous concerter, nous ne fîmes pas, cette fois, notre habituelle escale pour manger. Le cœur n'y était pas. D'ailleurs, le temps ne s'y prêtait pas non plus. Le brouillard glacé collait au visage, étouffait de rares paroles, effaçait les points de repère qui nous guidaient. Chacun de nous sentait l'autre tendu, nerveux.

Dans un petit bosquet, à l'entrée de la ville, nous décrochâmes nos raquettes, en les laissant dans une cachette, comme d'habitude. Nous ne voulions pas avoir l'air de villageois. Surtout devant Belmondo.

Il nous sembla avoir attendu une bonne heure avant que la lumière s'éteigne. Quant au journal, il dura cette fois une éternité. On voyait un cosmonaute qui, tel un fantôme phosphorescent, nageait autour de son vaisseau spatial avec une lenteur de mouvements somnambulique. On croyait entendre l'insondable silence de l'espace qui l'entourait. Et la voix *off*, nullement gênée par ce mutisme interstellaire, annonçait avec des vibrations pathétiques :

— Aujourd'hui, alors que tout notre peuple et toute l'humanité progressiste de la planète se prépare à célébrer le cent troisième anniversaire du grand Lénine, nos cosmonautes, en faisant ce pas important dans l'exploration de l'espace, apportent une nouvelle preuve infaillible de la justesse universelle de la doctrine du marxisme-léninisme…

La voix continuait à vibrer dans les profondeurs infinies du cosmos, tandis que le fantôme scintillant attaché au vaisseau s'apprêtait à regagner la capsule. Il avançait vers la porte qui s'ouvrait avec la même lenteur désespérante, centimètre par centimètre, comme s'il s'enlisait dans la gelée visqueuse d'un cauchemar. C'est là que nous pûmes constater que nous n'étions pas les seuls à attendre fébrilement le nouveau Belmondo. Quand le cosmonaute somnambulique se mit à plonger la tête dans la porte du vaisseau et que la voix *off* déclara que cette sortie dans l'espace démontrait la supériorité incontestable du socialisme, on entendit l'exclamation furieuse d'un spectateur excédé :

– Mais vas-y, nom de Dieu ! Entre !

Non, nous n'étions pas les seuls à redouter l'imposture d'un faux Belmondo. Toute la salle de L'Octobre rouge avait peur d'être trahie...

Dès les premiers instants du film, personne ne se souvenait plus de ces doutes... Les muscles tendus à l'extrême, notre héros escaladait le mur d'un immeuble en feu. De longues flammes risquaient à tout moment d'embraser sa cape de soie noire. Et tout en haut, sur une étroite corniche, l'héroïne poussait des gémissements de détresse, levait les yeux au ciel, prête à s'évanouir...

Le cent troisième anniversaire, la promenade du cosmonaute somnambulique, la justesse universelle de la doctrine, tout s'effaça d'un coup. La salle se figea : réussira-t-il à arracher la belle évanescente aux flammes ?

Belmondo était vrai !

Quand la tension fut à son comble, quand tout L'Octobre rouge rythma sa respiration sur celle de l'escalade intrépide, quand tous les doigts se cramponnèrent aux accoudoirs des fauteuils en imitant l'effort des doigts accrochés à la corniche du dernier étage, quand Belmondo ne tenait plus que grâce au magnétisme de nos regards, l'incroyable se produisit...

La caméra décrivit un vertigineux zigzag et nous vîmes l'immeuble étalé à plat, sur le plancher d'un plateau de tournage. Et Belmondo qui se mettait debout en époussetant sa cape... Un metteur en scène l'apostrophait pour quelque négligence dans son jeu. Son escalade n'était qu'un truc ! Il rampait à l'horizontale sur une maquette dont les fenêtres recrachaient des flammes bien surveillées.

Tout était donc faux ! Mais lui, il était plus vrai que jamais. Car il nous avait admis dans la sacro-sainte cuisine du cinéma, nous autorisant à jeter un coup d'œil sur l'envers de la magie. Sa confiance en nous était donc sans bornes !

Cet immeuble étalé sur le sol représentait, en fait, la passerelle rêvée, un peu comme l'espion dans la boîte de conserve. Une passerelle vers un monde plus vrai que celui du cent troisième anniversaire et des doctrines universelles.

Et, forts de notre expérience occidentale, nous suivîmes Belmondo dans sa nouvelle aventure. Il sortait du studio de tournage en enjambant les fenêtres et les murs de l'immeuble en feu…

Nous redécouvrions l'Occident. Ce monde où l'on vivait sans se soucier de l'ombre lugubre des cimes ensoleillées. Le monde de l'exploit pour la beauté du geste. Le monde des corps fiers de la puissance des beaux mécanismes charnels. Le monde qu'on pouvait prendre au sérieux parce qu'il n'avait pas peur de se montrer comique.

Mais surtout son langage ! C'était un monde où tout pouvait être dit. Où la réalité la plus embrouillée, la plus ténébreuse trouvait son mot : amant, rival, maîtresse, désir, liaison… La réalité amorphe, innommable, qui nous entourait, se mettait à se structurer, à se classifier, à révéler sa logique. L'Occident se lisait !

Et, amoureusement, nous épelions les vocables de cet univers fantastique…

Belmondo était, cette fois, cascadeur. Encore à moitié analphabètes dans ce langage occidental, nous devinions tout de même une puissante figure de style dans ce rôle. Oui, une métaphore en chair et en os. Cascadeur ! Héros dont le courage serait toujours attribué à quelqu'un d'autre. Condamné à rester à longueur de temps dans l'ombre. À se retirer du jeu au moment même où l'héroïne devrait récompenser sa bravoure. Hélas! ce baiser se posait sur les lèvres de son heureux sosie qui n'avait rien fait pour le mériter...

À un moment, ce rôle ingrat fut particulièrement rude. Le cascadeur dut à plusieurs reprises culbuter du haut d'un escalier pour éviter les rafales d'une mitraillette. Le metteur en scène, qui avait toutes les habitudes sadiques de l'éditeur du film précédent, l'obligeait sans pitié à renouveler l'exercice. Les remontées devenaient de plus en plus pénibles, la chute plus douloureuse. Et, à chaque reprise, une voix féminine explosait dans un désespoir tragi-comique :

– Mon Dieu! Ils l'ont tué!

Mais le héros se relevait après sa terrible chute pour annoncer :

– Non, je n'ai pas encore fumé mon dernier cigare!

Cette réplique, répétée quatre ou cinq fois, trouva un étonnant écho dans l'âme des spectateurs de L'Octobre rouge. Outkine et moi, nous pensâmes tout de suite aux cigares de Samouraï et à ceux de son ancienne idole de La Havane. Mais le retentissement de cette exclamation fut plus profond. La réplique concentra en elle ce que beaucoup de spectateurs tentaient depuis longtemps d'exprimer. «Non, non, voulaient dire bon nombre d'entre eux, je n'ai pas encore... » Et ils ne trouvaient pas un mot juste pour expliquer que même après dix ans de camps on pouvait essayer de refaire sa vie. Que même veuve depuis la guerre, on pouvait encore espérer. Que même dans ce fin fond sibérien le printemps existait et que cette année, sans faute, ce serait un printemps plein de bonheur et de rencontres heureuses.

– *Non, je n'ai pas encore fumé mon dernier cigare !*
L'expression fut trouvée.

Et Dieu seul sait combien d'habitants de Nerloug, dans les moments les plus noirs de la vie, ont formulé mentalement cette réplique en se jetant à eux-mêmes un clin d'œil d'encouragement.

C'est après cette séance que, pour la première fois, nous passâmes la nuit, non pas chez le grand-père, mais dans un wagon...

Samouraï nous amena à la gare de Nerloug et là, enjambant les rails, il se dirigea vers les voies les plus éloignées, à moitié recouvertes de neige... Nous nous approchâmes du convoi garé du côté d'un terrain vague. Plusieurs trains dormaient sur des voies de garage. Samouraï semblait savoir ce qu'il cherchait. Marchant entre deux trains de marchandises, il plongea tout à coup sous un wagon en nous faisant signe de le suivre...

Nous nous retrouvâmes devant un train de voyageurs aux fenêtres noires. La ville, les bruits et les lumières de la gare avaient disparu. Samouraï tira de sa poche une fine tige d'acier, la planta dans la serrure. On entendit un léger cliquetis, la porte s'ouvrit…

Une heure après, nous étions confortablement installés dans un compartiment. Il n'y avait pas de lumière, mais l'éclat lointain d'un réverbère et le reflet de la neige nous suffisaient. Samouraï, qui avait allumé la chaudière installée au bout du couloir, nous prépara un vrai thé – le seul vrai thé qui puisse exister, celui qu'on sert dans les trains, les soirs d'hiver. Nous étalâmes sur la table les provisions que nous n'avions pas mangées à midi. L'odeur du feu et du thé fort planait dans notre compartiment. L'odeur des longs voyages à travers l'Empire… Plus tard, étendus sur nos couchettes, nous parlâmes longuement de Belmondo. Cette fois, sans cris, ni grands gestes. Il était trop près de nous, ce soir, pour qu'on eût besoin de l'imiter…

La nuit, je rêvais de la nouvelle compagne de notre héros. De cette ravissante cascadeuse. Mon sommeil était transparent comme la neige qui s'était mise à tomber derrière la fenêtre noire. Je me réveillais souvent pour me rendormir quelques instants après. Elle ne m'abandonnait pas, mais s'installait pour ces quelques secondes dans le compartiment voisin. Les yeux emplis d'obscurité, je ressentais sa présence silencieuse derrière la mince paroi qui nous séparait. Je savais qu'il fallait se lever, sortir dans le couloir et l'attendre là-bas. J'étais sûr de la rencontrer, elle, la mystérieuse passagère du Transsibérien. Mais chaque fois que ce rêve était prêt à prendre forme, j'entendais le bruit d'un train qui passait sur une voie parallèle à la nôtre. J'avais l'illusion que c'étaient nous qui volions à travers la nuit. Je m'endormais. Et elle revenait, elle était de nouveau là. Notre wagon s'élançait vers l'ouest. En bravant le froid et la neige. Vers l'Occident.

Ainsi la fin du monde n'eut pas lieu. Et Nerloug vit encore deux ou trois films de Belmondo. Comme si, à la suite d'un gigantesque décalage de temps, ces comédies s'étaient égarées, avaient été rejetées par le courant des jours sur quelque rive déserte, attendant de longues années pour déferler enfin, l'une après l'autre.

Belmondo vieillissait légèrement, puis rajeunissait de nouveau, changeait de compagne, de pays, de continent, de revolver, de coiffure, de tonalité de bronzage... Mais cela nous paraissait très naturel. Nous lui attribuions une immortalité bien particulière, la plus exaltante, celle qui permet de voyager à travers les âges, de revenir en arrière, ou de friser le déclin juste pour mieux ressentir le goût de la jeunesse.

Rien d'étonnant que ce voyage à travers le temps brassât tant de superbes corps féminins, tant de nuits torrides, tant de soleil et de vent.

Belmondo s'installa, prit ses quartiers dans L'Octobre rouge, juste à mi-chemin entre le bâtiment trapu de la milice et du KGB locaux et l'usine La Communarde où l'on fabriquait les barbelés destinés à tous les camps de cette région de la Sibérie...

Il occupa le grand panneau et, désormais, les gens qui marchaient dans l'avenue Lénine remarquaient non pas les uniformes gris des miliciens, ni les énormes écheveaux de barbelés emportés par les camions, mais son sourire.

Sans se l'avouer, les habitants étaient persuadés que les autorités avaient commis une énorme gaffe en laissant cet homme, avec un tel sourire, s'installer sur l'avenue. Sans pouvoir expliquer leur intuition, ils sentaient que ce sourire allait jouer un sacré tour aux dirigeants de la ville. Un jour... Car déjà les spectateurs se surprenaient à ne plus ressentir aucun frisson à la vue des uniformes gris, ni aucun malaise devant les horribles hérissons d'acier sur les camions. Ils voyaient le sourire au bout de l'avenue Lénine, près du cinéma, et eux-mêmes souriaient en éprouvant une bouffée de confiance au milieu du brouillard glacé.

Et, sur le perron du magasin d'alcools, pour la première fois de notre vie, nous fûmes témoins, non d'une bagarre, mais d'un accès de rire… Oui, ils riaient à gorge déployée, tous ces hommes rudes aux visages rubiconds ; ils se pliaient en deux, non pas sous l'effet d'un coup bien porté dans le plexus solaire, mais à cause du rire ! Ils se tapaient les cuisses avec leurs poings de fer, ils essuyaient leurs larmes, ils juraient, ils riaient ! Et dans leurs gestes, dans leurs cris, nous reconnaissions le dernier Belmondo. Il était là, parmi ces Sibériens, ces chercheurs d'or, ces chasseurs de zibelines, ces bûcherons…

De nouveau, les habitants qui passaient à côté du magasin se disaient avec une joie secrète : « Mais ils ont fait quand même une énorme connerie, ces apparatchiks, en l'installant là, sur l'avenue ! »

Imperturbable, Belmondo nous souriait de loin.

Dans notre éblouissement amoureux, nous expliquions tous les changements par sa présence. Tout était, de près ou de loin, lié à lui. Comme ce tonnerre, ces éclairs au début d'avril, dans le ciel encore hivernal, au-dessus de la ville couverte de neige.

Nous entendîmes cet orage intempestif la nuit, après la séance, étendus sur les couchettes de notre compartiment. Un éclair immobilisa nos visages étonnés. Le tonnerre grommela. Nous l'écoutions à travers notre sommeil regorgeant de rêves. Ce train immobile semblait s'élancer dans un voyage où régnait un merveilleux désordre de saisons, de climats, de temps. Un orage tropical au-dessus du royaume des neiges.

Nous avions hâte de nous rendormir en espérant des songes particulièrement fastueux. Mais ce que je vis dans ce voyage se révéla d'une simplicité inattendue...

C'était une petite gare, bien plus modeste que celle de Nerloug, une maison perdue au milieu des sapins silencieux. Un hall d'attente faiblement éclairé par une lampe invisible. Le bruit étouffé de quelques rares personnes, invisibles elles aussi, les bâillements réprimés d'un employé. L'odeur d'un poêle où brûlaient des bûches de bouleau. Et, au centre de la salle, devant un tableau d'horaires qui ne comportait que quelques lignes, une femme. Elle examinait attentivement les heures d'arrivée, en regardant de temps en temps la grande horloge sur le mur. Dans mon sommeil, je sentais que, cette fois, son attente n'était pas vaine, que quelqu'un devait absolument venir d'un instant à l'autre. Venir avec un train étrange dont aucun tableau n'annonçait l'arrivée...

L'air nocturne, plein de l'odeur piquante de l'orage, pénétrait dans notre wagon endormi. C'était la fraîcheur de la première bouffée qu'aspire le voyageur en descendant du train, la nuit, dans une gare inconnue, où une femme l'attend...

13

Un soir, nous tombâmes sur un train tout neuf...

Oui, ses wagons n'avaient encore jamais accueilli de voyageurs. Leur peinture verte était lisse, luisante, et les plaques d'émail d'une blancheur éclatante de faïence. Les vitres, parfaitement transparentes, semblaient découvrir un intérieur plus profond, plus tentant. Et cet intérieur sentant la moleskine vierge des couchettes concentrait en lui la quintessence même des voyages. Leur esprit. Leur âme. Leur volupté.

Ce soir, Samouraï n'alluma pas la chaudière. Il tira de son sac à dos une étrange bouteille plate qu'il éclaira avec une torche électrique. Puis, posant sur la table une tasse en aluminium, il se versa quelques gouttes d'un liquide épais, brunâtre, et but lentement comme s'il voulait en apprécier toute la saveur.

– C'est quoi, ça? interrogeâmes-nous avec curiosité.

– C'est bien meilleur que le thé, croyez-moi, répondit-il en souriant d'un air mystérieux. Vous voulez goûter?

– Non, mais dis d'abord ce que c'est!

Samouraï se resservit du liquide brun, but en plissant les yeux, puis annonça :

— C'est la liqueur de la Kharg-racine. Vous vous souvenez ? Celle qu'Outkine a déterrée, l'été dernier…

La boisson avait un goût que nous n'arrivions pas à identifier ni à rattacher à aucun plat déjà goûté. Une saveur alcoolisée qui semblait séparer votre bouche et votre tête du reste du corps. Ou plutôt remplir tout le reste d'une sorte d'apesanteur lumineuse.

— Olga m'a dit, expliqua Samouraï d'une voix qui planait déjà dans cette légèreté aérienne, que ce n'est pas un aphrodisiaque, mais tout simplement un euphorisant…

— Afro, quoi ? demandai-je, ébahi par ces syllabes insolites.

— Eupho, comment ? fit Outkine en écarquillant les yeux.

La sonorité de ces mots inconnus avait elle aussi quelque chose de volatil, de vaporeux…

Nous nous allongeâmes sur nos couchettes neuves avec, dans la tête, la scène du film qui avait frappé le plus notre imagination et qui glissa imperceptiblement dans notre sommeil rempli de rêves d'amour dignes de la Kharg-racine…

Dans cette scène, la ravissante compagne de Belmondo, vêtue d'une ombre de soutien-gorge et d'une trace de cache-sexe, arrachait la nappe en faisant tomber de la table un énorme vase avec un bouquet somptueux. Et, dans un élan sauvage, elle proposait à notre héros de célébrer leur messe charnelle sur cette table rase. Le héros esquivait cette offre extravagante. Et nous devinions que c'était notre pudeur qu'il voulait ménager. Déjà la vue de cette bacchante remplissait les murs de L'Octobre rouge d'une vibration toute particulière. Belmondo pressentait que s'il s'était laissé aller à son désir, la révolution à Nerloug aurait été imminente. Avec la prise du bâtiment trapu de la milice et la destruction de l'usine de barbelés La Communarde. Il déclinait donc la proposition, mais pour ne pas compromettre sa virilité aux yeux des spectateurs, il évoquait un tout autre champ de bataille amoureux :

– Sur la table ? Et pourquoi pas debout dans un hamac ? Ou sur des skis ?

Et quels devaient être notre amour et aussi notre confiance pour que cette hypothèse ait été prise tout à fait au sérieux ! Oui, nous y avions cru dur comme fer à cette performance érotique purement occidentale. Deux corps bronzés debout (!) dans un hamac attaché aux troncs velus des palmiers. La fougue du désir était proportionnelle au déséquilibre bienheureux sous leurs pieds. La fureur des enlacements augmentait l'amplitude du tangage. La profondeur de fusion inversait le ciel et la terre. Les amants de la nuit tropicale se retrouvaient dans le creux du hamac, dans ce berceau d'amour dont le va-et-vient se calmait lentement...

Quant à l'amour sur des skis, nous étions bien placés pour imaginer la scène. Qui, mieux que nous, qui passions la moitié de notre vie sur nos raquettes, pouvait imaginer cette chaleur intense qui embrasait le corps après deux ou trois heures de course ? Les amants rejetaient leurs bâtons, la piste se dédoublait et on n'entendait plus que la respiration haletante, le crissement cadencé de la neige sous les skis et le rire d'une pie indiscrète sur la branche d'un cèdre...

Cependant, nous préférions le hamac, comme plus exotique. Ce soir, planant dans les vapeurs de la racine d'amour, nous nous abandonnions à ses bercements. Dans notre sommeil, nous entendions le bruissement de longues feuilles de palmiers, nous aspirions le souffle nocturne de l'océan. De temps en temps, une noix de coco trop mûre tombait sur le sable, une vague langoureuse venait mourir près de nos sandales tressées. Et le ciel surchargé de constellations tropicales se balançait au rythme de notre désir...

Réveillés en pleine nuit, nous restâmes un long moment les yeux ouverts, sans bouger. Sans qu'aucun de nous n'ose confier sa surprenante intuition aux autres. C'était comme si le bercement du hamac se poursuivait toujours. Nous pensâmes d'abord à un

train qui longeait notre voie et nous secouait légèrement… Enfin, Outkine, qui était installé sur la couchette du bas, colla son front contre la vitre noire,
essayant de percer l'obscurité. Et nous entendîmes son
exclamation inquiète :

— Mais où nous allons comme ça ?

Notre train roulait à vive allure à travers la taïga. Ce
n'étaient pas de simples mouvements de manœuvres
sur les voies de la gare, mais bel et bien une course
rapide et régulière. On ne voyait plus la moindre
lueur : rien que la muraille impénétrable de la taïga
et une bande de neige le long de la voie.

Samouraï consulta sa montre : il était deux heures
moins cinq.

— Et si on sautait ? proposai-je, pris de panique,
mais éprouvant déjà la naissance d'une ivresse exaltante.

Nous allâmes tous les trois vers la sortie. Samouraï
ouvrit la portière. Nous eûmes l'impression qu'une
branche de sapin glacée venait nous cingler le visage,
nous coupant le souffle. C'était le dernier froid de
l'hiver, son combat d'arrière-garde. Les aiguilles du
vent, de la poussière neigeuse et l'ombre infinie de la
taïga… Samouraï claqua la portière.

— Sauter ici, c'est se jeter directement dans la gueule
du loup. Je parie qu'on roule déjà depuis au moins

trois heures. Et puis, à cette vitesse... Je ne connais qu'un seul homme qui en serait capable, ajouta-t-il.

— Qui ça ?

Samouraï sourit en lançant un clin d'œil :

— Belmondo !

Nous rîmes. La peur s'estompa. En revenant dans notre compartiment, nous décidâmes de descendre au premier arrêt, au premier endroit habité... Outkine sortit une boussole et, après des manipulations minutieuses, annonça :

— Nous allons vers l'est !

Nous aurions préféré la direction opposée. Mais avions-nous le choix ?

Les bercements du wagon eurent vite raison de notre résistance héroïque au sommeil. Nous nous endormîmes en imaginant tous les trois la même scène : Belmondo pousse la porte du wagon, scrute la nuit glacée qui défile à toute vitesse dans le tourbillon de la poudre neigeuse et, prenant appui sur le marche-pied, il se jette dans l'ombre épaisse de la taïga...

C'est le silence et l'immobilité parfaite qui nous réveillèrent. Et aussi la fraîcheur lumineuse de la matinée. Nous attrapâmes nos chapkas, nos sacs et nous nous précipitâmes vers la sortie. Mais derrière la porte il n'y avait aucune trace d'habitation, ni de quelque activité humaine. Seul le flanc boisé d'une colline dont le sommet blanc s'imprégnait lentement de la limpidité du soleil levant...

Nous restions devant la portière ouverte, humant l'air. Il n'était pas glacé et sec comme à Svetlaïa. Il pénétrait dans nos poumons avec une douceur souple, caressante. On n'avait pas besoin de le réchauffer d'abord dans la bouche avant de l'aspirer, comme les âpres gorgées du vent de chez nous. Les neiges qui s'étendaient devant nos yeux nous firent penser à un étrange redoux éternel. Et la forêt qui grimpait sur le flanc de la colline, elle aussi était toute différente de notre taïga. Ses arbres avaient dans le tracé de leurs branches une délicatesse un peu sinueuse, un peu maniérée. Oui, on aurait dit qu'ils étaient dessinés à l'encre de Chine sur fond de neige amollie, dans l'éclairage tamisé du soleil levant. Et autour de leurs troncs s'enroulaient les longs serpents des lianes. C'était la jungle, la forêt tropicale, figée subitement dans la glace...

Soudain, entre les arbres, nous vîmes une orange... Oui, une tache colorée semblable à des fragments de son écorce éparpillés sur la neige entre les troncs et les branches noires. Ce fut Samouraï – il était presbyte – qui cria :

– Mais c'est un tigre !

Et dès que le mot fut prononcé, les fragments de l'écorce se rassemblèrent en un corps de puissant félin.

– Un tigre d'Oussouri, souffla Outkine avec admiration.

Le tigre était là, à deux cents mètres du train, et semblait nous dévisager calmement. Il traversait probablement la voie à cet endroit chaque matin, et il devait être très étonné de voir notre train flambant neuf qui bouleversait ses habitudes de maître de la taïga.

Le train s'ébranla et nous crûmes discerner la tension immédiate des muscles de ce corps royal prêt à faire un long saut pour éviter le danger…

Il n'y eut plus d'arrêt jusqu'au bout. Nous cessâmes de nous inquiéter en comprenant que d'une escapade anodine notre voyage s'était depuis un bon moment transformé en une véritable aventure. Il fallait la vivre comme telle. Peut-être ce train fou ne s'arrêterait-il jamais ?

La boussole d'Outkine indiquait à présent le sud. Le ciel s'embrumait peu à peu, les contours des collines devenaient flous. Et le goût du vent qui s'engouffrait dans la fenêtre baissée échappait à toute définition : tiède ? humide ? libre ? fou ?

Son parfum singulier se renforçait, s'épaississait. Et, comme si la locomotive finissait par se lasser de lutter contre ce flux de plus en plus dense, comme si les wagons neufs s'enlisaient dans cette coulée odorante, le train ralentit, longea quelque banlieue insignifiante, puis un long quai, et enfin s'arrêta.

Nous descendîmes au milieu d'une ville inconnue. Avec notre flair sauvage nous suivions l'avenue remplie à ras bord par ce souffle puissant que nous avions déjà distingué dans le wagon. Nous voulions maintenant parvenir à sa source. Il y eut d'abord l'entassement de bâtisses laides et basses, d'entrepôts aux portes bâillantes, puis les flèches noires des grues…

Et soudain ce fut le bout du monde !

L'horizon disparut dans la brume radoucie. La terre se coupa à quelques pas devant nous. Le ciel commençait à nos pieds.

Nous nous arrêtâmes au bord du Pacifique. C'était son souffle profond qui avait immobilisé notre train…

Nous avions accompli le même parcours fabuleux que les cosaques d'antan. Et comme eux, nous restâmes silencieux un long moment en aspirant la senteur iodée des algues, en essayant de concevoir l'inconcevable.

Désormais, le sens de notre voyage nous apparaissait clairement. Ne pouvant pas atteindre l'Occident de nos rêves, nous avions rusé. Nous avions marché vers l'est, jusqu'à sa limite extrême. Oui, jusqu'à cet Extrême-Orient, où l'Est et l'Ouest se rencontrent dans l'abîme brumeux de l'océan. Inconsciemment, nous avions employé l'astuce asiatique des tigres d'Oussouri : pour confondre le chasseur qui suit leurs traces, ils font un grand cercle à travers la taïga et, à un moment, ils se retrouvent derrière leur poursuivant…

C'est ainsi que, feignant de fuir l'Occident inaccessible, nous nous retrouvâmes dans son dos.

Nous tendîmes la main vers la vague qui murmurait sous les galets. L'eau avait un goût âpre, salé. Nous riions en léchant nos doigts…

La ville, face à l'immensité de l'océan, paraissait presque petite. Elle ressemblait à toutes les villes moyennes de l'Empire, à Nerloug, par exemple : les mêmes rangées de maisons en préfabriqué, les mêmes noms de rues – avenue Lénine, place d'Octobre –, les mêmes slogans sur les bandes de calicot rouge. Mais il y avait le port et le quartier voisin…

C'est ici que la présence de l'Occident se devinait le mieux. D'abord, les navires. Ils surplombaient de leur énormité blanche l'agitation des quais, les amoncellements de caisses, les bâtisses des entrepôts. Nous renversions la tête pour lire leur nom, pour admirer le jeu des fanons multicolores.

La foule des rues portuaires n'avait rien à voir avec la triste galerie de visages qu'on rencontrait à Nerloug. Les manteaux clairs des femmes, souriantes, jeunes, les vestes noires des matelots dont les yeux vifs se rassasiaient du fourmillement des choses et des êtres après le désert brumeux de l'océan. De temps en temps, on entendait des bribes de répliques en langues étrangères. Nous nous retournions : c'était tantôt le visage aux yeux bridés d'un Japonais, tantôt la barbe blonde d'un Scandinave. Bien sûr, il n'était pas rare de voir un panneau appelant le peuple à augmenter la productivité du travail, ou à s'élancer vers la victoire finale du communisme. Mais ici, cela n'avait d'autre valeur que celle d'un éclat de couleur dans le tableau vivant du quartier...

Parmi ces femmes marchant la tête nue, ces marins avec leur veste courte et leur béret aux bandes noires battant au vent, parmi ces étrangers avec leurs vêtements élégants et légers, nous nous sentions de vrais extraterrestres. Nos touloupes de mouton, nos grosses chapkas de fourrure ébouriffées, nos épaisses bottes de feutre indiquaient que nous venions du fond de l'hiver sibérien. Mais, étrangement, nous n'éprouvions aucune gêne. Nous avions tout de suite deviné l'âme hospitalière de ces rues. Elles accueillaient les gens venus des coins les plus exotiques du globe, des gens que rien ne pouvait surprendre. Et nous marchions au milieu de la foule animée, nous aspirions le vent iodé du grand large... Nous n'étions plus nous-mêmes !

Nous étions nos doubles de rêve : Amant, Guerrier, Poète.

Mon regard, tel celui d'un épervier, interceptait au vol de rapides coups d'œil féminins jetés dans notre direction. Samouraï s'avançait fièrement, un fin sourire aux lèvres, un reflet de fatigue dans les yeux – un soldat après une éphémère victoire dans une guerre infinie. Quant à Outkine, il se rendait compte que, pour la première fois, personne ne remarquait sa façon de marcher. Car on ne pouvait avancer autrement dans ces rues – le vent ouvrait les pans des manteaux clairs des femmes, agitait les larges pantalons des marins, faisait tituber les étrangers. Outkine pointait son épaule vers le ciel et c'était très naturel, tous les passants avaient l'impression de s'envoler, emportés par le vent du Pacifique. En plus, il y avait tant de choses à voir qu'on s'arrêtait tout le temps. Outkine savait déjà apprécier ces haltes où sa démarche boiteuse disparaissait… Mais dans ces rues, il était inutile de la cacher – au contraire, son pied mutilé devenait le signe d'un passé personnel unique dans le bouillonnement théâtral de la foule…

– Ça serait bien d'acheter à bouffer, osa proposer enfin le Poète.

– Il me reste quatorze kopecks, dit l'Amant. Une miche de pain pour trois, ça suffira.

Le Guerrier se taisait. Puis, sans rien nous expliquer, il se dirigea vers l'un des tourbillons humains au milieu de la petite place. On voyait les gens échanger des paquets, examiner des vêtements, des chaussures. Un marché portuaire. Samouraï se perdit dans la foule pour quelques minutes, puis réapparut, souriant.

– On va déjeuner au restaurant, nous annonça-t-il.

Les questions étaient inutiles. Nous savions que Samouraï venait de vendre son « rhinocéros », une pépite d'or dont une aspérité faisait penser à la corne de cet animal, une grande pépite, de la taille de l'ongle d'un pouce. Il nous avait toujours dit qu'il la gardait pour un cas exceptionnel…

Les serveurs nous regardèrent d'un air indécis, se demandant sans doute s'il fallait nous mettre à la porte ou nous tolérer. La mine résolue de Samouraï et son ton volontaire les subjuguèrent. On nous tendit la carte.

À table, nous parlions de Belmondo. Sans prononcer son nom, nous évoquions ses aventures comme si elles avaient été vécues par nos proches connaissances ou par nous-mêmes. La conversation, entre la causerie mondaine et un dialogue d'agents secrets, s'engagea.

– Il a eu tort de se laisser embarquer dans cette histoire avec le vol du tableau, avançait Samouraï d'une voix raisonneuse en découpant son entrecôte.

— Oui, surtout à Venise ! renchérissait Outkine se prêtant avec plaisir au jeu.

— Ou alors, au moins, il aurait dû se débarrasser d'abord de sa maîtresse, ajoutais-je avec un emportement enjoué. Car, vous savez, avoir une fille pareille sur les bras, nue comme elle était, les fesses au vent et un mari furieux comme un chien enragé, ça, pour un espion, c'est suicidaire…

Les occupants des tables voisines s'étaient tus et tournaient la tête de notre côté. Visiblement, notre conversation les intriguait. Les trois serveurs gardaient leur mine renfrognée et méprisante. Ils ne comprenaient pas si nous étions de jeunes kolkhoziens en plein délire ou trois mousses qui avaient véritablement fait le tour du monde.

Enfin, l'un d'eux, le plus allergique aux rêves, s'approcha et, avec un rictus désagréable, marmonna :

— Allez, jeunesse, payez vite et à l'école ! Tout le monde en a assez de vos racontars…

On vit quelques sourires curieux s'étirer aux tables voisines. Notre trio était trop insolite même dans ce restaurant près du port.

Samouraï jeta au serveur un regard d'une indulgence narquoise et annonça en haussant légèrement le ton pour être entendu de tous :

— Un instant de patience, je n'ai pas encore fumé mon dernier cigare !

Et, sans hâte, il sortit un élégant étui en fin aluminium et en tira un vrai havane long d'au moins vingt centimètres. D'un geste précis il en coupa un petit bout et l'alluma.

En soufflant le premier nuage de fumée piquante, il dit au serveur médusé :

– Vous avez oublié de nous apporter un cendrier, jeune homme…

L'effet fut retentissant. Les tables voisines écrasèrent leurs pitoyables cigarettes ; les serveurs, interdits, s'éclipsèrent dans la cuisine. Samouraï, se rejetant sur le dossier de sa chaise, se mit à savourer son cigare en plissant les paupières, le regard perdu dans le lointain d'un rêve. De là, Belmondo nous envoyait son sourire chaleureux…

Ainsi nous avons mangé le « rhinocéros » d'or de Samouraï. Il l'avait vendu vite, donc bon marché. Avec les roubles qui lui restaient, nous avons eu droit à trois places assises dans la troisième classe d'un train de nuit. Des places non numérotées dans un wagon bondé, encombré des bagages hétéroclites de voyageurs peu exigeants pour le confort, dont une lampe terne au plafond éclairait les visages banals et les vêtements épais. Et la radio incorporée dans le mur transmettait les informations du soir :

– ... pour célébrer le soixante-dixième anniver-saire... le collectif a décidé d'augmenter de onze pour cent...

La locomotive rugit et la tonalité de son cri d'adieu nous fit pour la dernière fois sentir la fraîcheur bru-meuse de l'air du Pacifique...

Les passagers, eux, poussèrent un soupir de soula-gement – enfin ! – et se mirent à retirer de leurs sacs la nourriture enveloppée dans du papier maculé de taches d'huile. Le wagon se remplit de l'odeur de pou-let rôti, de saucisson fumé, de fromage fondu. Ne pouvant supporter ces effluves alimentaires, nous grimpâmes tout en haut, sur les porte-bagages. La rumeur des conversations parvenait jusqu'à nous, affaiblies par le tambourinement des roues. C'était un flux ininterrompu où tout se mélangeait : les récits inquiétants sur les légendaires retards de ce train dus aux tempêtes de neige cosmiques, la peur que le poisson gelé commence à fondre et à s'égoutter sur les manteaux des voisins, les histoires de chasseurs, les philippiques contre les Japonais « qui pillent notre taïga », et, bien sûr, les inévitables souvenirs de guerre entrecoupés du refrain « sous Staline il y avait plus d'ordre ».

Dans cette cacophonie assourdie par le martèle-ment des rails perçait la voix égale d'un homme de petite taille et sans âge, une sorte de Chinois russifié

au visage rond, aux étroites fissures noires et luisantes
d'où jaillissait son regard. Il était assis dans son coin
et, sans répit, racontait des histoires toutes liées à sa
vie sur la rive du grand fleuve. Ses récits s'enchaî-
naient, formaient une saga épique qui s'adressait on
ne savait à qui. En tout cas, c'est lui qui s'avéra le plus
résistant à la fatigue de la nuit. Tous les autres passagers s'étaient tus depuis longtemps déjà, calés sur les
banquettes dures, essayant de trouver la meilleure
position entre les pieds et les coudes de leurs voisins.
Mais le conte du vieux Chinois n'en finissait toujours
pas. La voix monotone et comme enfantine de cet
homme sans âge emplissait l'obscurité :

– … c'était déjà en juin, et tout à coup la neige
s'est mise à tomber. J'avais les pommes de terre, ça a
gelé, j'avais les carottes, ça a gelé, j'avais trois pommiers, ça a gelé, tout a gelé. Le fleuve a gonflé encore
plus. Pas de poisson. Alors, Nikolaï me dit : dans la
ville, à l'inspection de chasse, ils donnent cinquante
roubles pour chaque loup tué. Et moi, je lui dis : mais
il faut d'abord le tuer. Et il dit : nous, on va les planter, les loups. Et je dis : comment ça, planter ? Mais
comme des pommes de terre, qu'il me dit. Et voilà
ce qu'il a fait. On est allés dans la taïga, on a trouvé
leur terrier. La louve n'était pas là. Et dans le trou, six
petits chiots. Mais pour les petits l'inspection ne
donne rien. Et alors, Nikolaï leur a mis du fil de fer

autour des pattes. Et on est partis. Il m'a dit : la louve ne va jamais abandonner ses enfants. Et les loups vont grandir. Mais ils ne pourront pas marcher... En automne, on est revenus. Et Nikolaï les a abattus tous, avec une massue, pour garder les cartouches. Je l'ai aidé à les porter jusqu'à la télègue et puis les amener à la ville. À l'inspection, ils lui ont donné trois cents roubles. Nikolaï a acheté huit bouteilles de vodka, pour fêter. Et il a trop bu, le médecin disait qu'il s'est brûlé l'estomac. Et puis, on l'a enterré et sa femme a commandé avec l'argent qui restait une bonne pierre en granit noir. Mais les ouvriers qui la transportaient ont bu, et...

Je ne pouvais plus entendre cette voix. Je me bouchai les oreilles. Mais le récit semblait s'instiller dans ma tête, sans paroles – je pouvais trop facilement en prévoir la suite, j'en avais entendu déjà tant :

– ... et ils ont bu et la pierre est tombée et s'est brisée...

N'y tenant plus, je dégringolai de ma planche étroite et je me mis à courir le long du couloir encombré des bagages et des pieds des voyageurs assoupis. Je traversai deux wagons semblables au nôtre, remplis des mêmes odeurs de nourriture, de la même rumeur assourdie de gens entassés et ballottés comme le sont toujours les passagers des derniers wagons. Puis ce furent quelques wagons de deuxième classe dont les occupants dormaient sur les couchettes, obstruant le couloir étroit de leurs pieds nus ou en grosses chaussettes de laine. Il fallait les éviter avec agilité... Je parvins ensuite dans un couloir vide. Toutes les portes des compartiments étaient tirées. Les voyageurs de ce wagon dormaient déjà...

Je parcourus encore trois ou quatre couloirs remplis d'odeur de savon de toilette, propres et déserts. Je sentais que le but de ma course approchait... Ce mystérieux wagon-lit, wagon-rêve... Là où voyageaient quelques rares Occidentaux qui s'aventuraient dans les étendues sauvages de notre patrie.

Je poussai la porte, je humai l'air, et, à ce moment, je la vis !

Elle se tenait devant la fenêtre du wagon dans cet espace étroit entre le long couloir et le palier des portes de sortie. Elle était là, le regard perdu dans les ténèbres de la nuit sibérienne. Elle fumait. Une fine cigarette, très longue et de couleur brune, dans laquelle je reconnus tout de suite la réplique féminine du havane de Samouraï. Une pelisse de fourrure légère et luisante était jetée sur ses épaules. Son visage dans la lumière tamisée de ce wagon de luxe n'avait rien d'éclatant. Ses traits fins étaient teintés de la pâleur sereine des voyages de retour...

Je m'arrêtai à quelques mètres d'elle comme si je me heurtais contre l'invisible aura dont était nimbée toute sa personne. Je la dévorais des yeux. Cette main qui tenait la cigarette et écartait légèrement un pan de sa pelisse. Ce pied chaussé d'un court bottillon posé sur un petit rebord contre la paroi. Son genou sous la transparence sombre du bas me fascinait. Ce genou fragile laissait deviner une jambe qui n'avait rien de la rondeur bronzée des antilopes de nos films. Non, une cuisse élancée et nerveuse et la fine dorure de sa peau veloutée.

Tout jeune sauvage que j'étais, je perçais le mystère intime de ce visage, de ce corps. Je n'aurais pas pu le penser. Ni même dire qui j'avais rencontré. Mais la saveur de sa longue cigarette, le reflet de son genou suffisaient pour mon intuition. Je la regardais et je sentais que son nimbe protecteur se dissipait lentement. Et il me paraissait de moins en moins impossible de me jeter vers ce genou, de l'embrasser en le mordant, en déchirant le bas, en tendant mon visage aveugle toujours plus haut...

La voyageuse nocturne devait soupçonner ma torture. L'ombre d'un sourire effleura son profil. Elle savait son nimbe inviolable. Voir ce jeune barbare à deux pas d'elle, un sauvage vêtu d'une peau de mouton et d'une chapka sentant le feu de bois et la résine de cèdre, cela l'amusait. «Mais d'où vient-il, ce jeune ours? devait-elle se demander en souriant. On dirait qu'il veut me dévorer...»

Ma torture contemplative devenait insoutenable. Le sang battait à mes tempes et les paroles qui répondaient en écho ne voulaient rien dire, et pourtant disaient tout : « Occidentale ! C'est une Occidentale... J'ai vu une Occidentale vivante ! »

C'est alors que le train ralentit sa course et, s'engageant sur un interminable pont, avança pesamment sur des rails devenus plus sonores. D'énormes croisillons d'acier se mirent à défiler derrière la fenêtre. Je me précipitai vers la porte de sortie, j'attrapai la poignée en la poussant avec force. La puissance du souffle et la profondeur de l'abîme noir sous mes pieds me repoussèrent en arrière.

Nous traversions le fleuve Amour.

La débâcle qui s'accomplissait dans son immensité noire était toute différente de cette marche des glaces symbolique qui accompagnait toujours dans les films de propagande « la prise de conscience révolutionnaire du peuple ». Ces symboles-là nous dégoûtaient par leur stérilité clinquante : quelque intellectuel en dérive contemplait la Néva éventrée et décidait sur-le-champ de s'engager dans la Révolution...

Non, l'Amour ne se souciait pas de la présence des contemplateurs. Il paraissait immobile, tant sa gestation nocturne était lente. On voyait une plaine de neige qui s'ouvrait comme de gigantesques paupières. La prunelle noire – l'eau – apparaissait, s'élargissait, devenant un autre ciel, un ciel renversé. C'était un dragon fabuleux qui s'éveillait, en se libérant lentement de son ancienne peau, de ses écailles de glace qu'il arrachait à son corps. Cette peau usée, poreuse, aux fissures verdâtres, formait des plis, se rompait, projetait ses fragments contre les piliers du pont. On entendait le bruit du choc puissant dont l'onde faisait vibrer les parois du wagon. Le dragon lâchait un long sifflement sourd, se frottant au granit des piliers, déchirait de ses griffes la neige lisse des rives. Et le vent apportait les brumes du Pacifique, vers lequel tendait la tête du dragon, et le souffle des steppes glacées où se perdait sa queue...

Revenant peu à peu à moi, je regardai l'Occidentale. Son profil me frappa par son calme parfait. Le spectacle, semblait-il, l'amusait. Pas davantage. Je l'observais et, presque physiquement, je sentais que son nimbe transparent était bien plus impénétrable que je ne l'avais cru. « C'est la débâcle sur le fleuve Amour », pouvait-on lire sur ses lèvres. Oui, cette nuit était nommée, comprise, prête à dire.

Et moi, je ne comprenais rien ! Je ne comprenais pas où finissait le souffle titanesque du fleuve et où commençait ma respiration, ma vie. Je ne comprenais pas pourquoi ce reflet du genou d'une femme inconnue me torturait ainsi, et pourquoi pour ma bouche il avait le même goût que la brume gorgée d'odeurs marines.

Je ne comprenais pas comment, ne sachant rien de cette femme, je pouvais ressentir si intensément la souplesse veloutée de ses cuisses, imaginer leur dorure douce sous mes doigts, sous ma joue, sous mes lèvres. Pourquoi il n'était pas tellement important de posséder ce corps, une fois le secret de sa chaleur dorée deviné. Et pourquoi répandre cette chaleur dans le souffle sauvage de la nuit m'apparaissait déjà comme une possession infiniment plus vivante…

Je ne comprenais rien. Mais, inconsciemment, je m'en réjouissais…

Les derniers piliers du pont défilèrent. L'Amour rejoignit la nuit. Le Transsibérien entrait dans le silence épais de la taïga.

Je vis la voyageuse nocturne écraser le reste de sa cigarette dans le cendrier fixé au mur… Sans refermer la porte, je me mis à courir à travers les wagons.

Je savais que j'allais retrouver l'Orient, l'Asie et l'interminable conte du Chinois sans âge. Cette vie où tout était fortuit et fatal en même temps, où la mort, la douleur étaient acceptées avec la résignation et l'indifférence de l'herbe des steppes. Où une louve apportait chaque nuit de la nourriture à ses six petits aux pattes embrouillées de fils de fer, et elle les regardait manger, et elle poussait parfois un long hurlement plaintif comme si elle devinait qu'on allait les abattre et que leur mort absurde précéderait de peu celle de leur assassin, cruelle et absurde, elle aussi. Et personne ne pourrait dire pourquoi ça se passait ainsi, et seule la saga monotone au fond d'un compartiment bondé pouvait rendre compte de cette absurdité…

Je traversai des couloirs vides et des couloirs où pendaient des pieds nus ou en chaussettes de laine, des wagons remplis de la respiration lourde et des gémissements des dormeurs, et des wagons bourdonnant d'interminables récits de guerre, de camps, de taïga – tous ces wagons qui nous séparaient de l'Occident.

En grimpant sur la planche étroite du porte-bagages, je me mis à chuchoter dans l'obscurité à l'intention de Samouraï étendu en face :

– L'Asie, Samouraï, l'Asie…

Un seul mot et tout est dit. Nous n'y pouvons rien. L'Asie nous tient par ses espaces infinis, par l'éternité de ses hivers et par cette saga interminable qu'un Chinois russifié et fou – ce qui revient au même – raconte toujours dans un coin obscur. Ce wagon bondé est l'Asie. Mais j'ai vu une femme… une femme ! Samouraï… À l'autre bout du train. Au-delà des amas de sacs sales, de filets dégoulinants de poisson fondu, des centaines de corps ruminant leurs guerres et leurs camps. Cette femme, Samouraï, c'était l'Occident que Belmondo nous avait fait découvrir. Mais, tu sais, il a oublié de nous dire qu'il fallait choisir une fois pour toutes son wagon, qu'on ne pouvait pas être à la fois ici et là-bas. Le train est long, Samouraï. Et le wagon de l'Occidentale a déjà traversé l'Amour, quand nous nous enivrions encore de son souffle sauvage...

Oui, je lançais ces répliques désordonnées dans l'obscurité sans même savoir si Samouraï m'entendait. Je parlais de l'Occidentale, du reflet de son genou sous la patine transparente du bas que nous n'avions jamais vu sur des jambes de femme. Mais, plus je racontais, plus je sentais s'effacer la palpitante singularité de notre rencontre... Enfin, je me tus. Et ce n'est pas Samouraï, mais Outkine (nous étions étendus tête-bêche sur notre porte-bagages) qui demanda dans un chuchotement nerveux :

— Et nous, nous sommes où ?

La voix de Samouraï lui répondit, comme sortant d'une longue réflexion nocturne :

— Nous, c'est le balancier. Entre les deux... La Russie est un balancier.

— C'est-à-dire n'importe quoi, bougonna Outkine. Ni l'un, ni l'autre...

Samouraï soupira dans l'obscurité en se retournant sur le dos, puis murmura :

— Tu sais, Canardeau, être ni l'un ni l'autre, c'est déjà un destin...

Je me réveillai en sursaut. Outkine, dans son sommeil, m'avait poussé du pied. Samouraï dormait aussi,

en laissant pendre son long bras dans le vide. «Asie…
Occident»… tout cela était donc un rêve. Outkine
et Samouraï ne savaient rien de ma rencontre. J'en
ressentis un étrange soulagement : leur Occident restait intact. Et dans son coin, le Chinois marmonnait
toujours :

— … Et ce voisin, en revenant de la guerre, en a
épousé une autre, il a déjà trois grands enfants, et sa
première femme, sa fiancée, il l'a oubliée depuis longtemps. Et elle, elle l'attend chaque soir sur la rive. Elle
espère toujours qu'il va revenir… Depuis la guerre,
elle l'attend… L'attend… L'attend…

TROISIÈME PARTIE

14

– La dernière fois, je suis allée à Paris en juin 1914... Mon père pensait que j'étais suffisamment grande pour monter à la tour Eiffel. J'avais onze ans...

C'est ainsi que ce soir d'avril, dans une isba noyée au milieu des congères, Olga commença son récit.

Après notre retour de voyage en Occident, c'est-à-dire en Extrême-Orient, Samouraï avait décidé que nous étions assez mûrs pour être initiés au secret de la vie d'Olga. Il nous en avait dévoilé le sens d'un ton bref, mais grave :

– Olga est une noble. Et elle a vu Paris...

Interloqués, ni Outkine ni moi ne parvenions à formuler la moindre question malgré la foule d'interrogations qui bourdonnaient dans nos têtes.

La réalité d'un être qui avait vu Paris nous dépassait...

Nous écoutions Olga. Le samovar poussait ses légers sifflements et ses doux soupirs mélodieux. La neige tintait à la vitre. Olga avait coiffé ses cheveux gris en un joli vallonnement soutenu par un petit peigne d'argent. Elle portait une longue robe aux dentelles noires que nous n'avions encore jamais vue. Ses paroles étaient colorées d'une indulgence rêveuse qui semblait dire : « Je sais que vous me traitez de vieille folle, allez... Ma folie, c'est d'avoir vécu une époque dont vous n'imaginez même pas la richesse et la beauté. Ma folie est d'avoir vu Paris... »

Nous l'écoutions et, incrédules, nous découvrions cette époque où l'Occident avait été presque la porte d'à côté. Où l'on allait passer ses vacances ! Mieux encore : pour grimper sur une tour !... Nous n'en revenions pas. L'Occident n'avait donc pas toujours été cette planète interdite, accessible seulement par le biais de la féerie du cinéma ?

Non, cette planète était dans les souvenirs d'Olga une sorte de banlieue pittoresque de Saint-Pétersbourg. Et de cette banlieue était venue un jour dans leur famille une certaine demoiselle Verrière qui apprenait à la petite Olga une langue aux étranges « r », vibrants et sensuels...

– Je comprenais déjà suffisamment le français, nous confiait Olga, pour pouvoir déchiffrer les romans que ma sœur aînée lisait et qu'elle cachait dans sa table de nuit... C'est dans le train qui nous conduisait à Paris que j'ai réussi, pour la première fois, à mettre la main sur l'un de ces volumes interdits. Un jour, en sortant de notre compartiment ma sœur a oublié son livre sur la couchette. J'ai jeté un coup d'œil dans le couloir : elle était en train de bavarder avec Mlle Verrière. J'ai ouvert le livre et, tout de suite, je suis tombée sur une scène qui m'a fait oublier l'existence des autres et de moi-même...

Olga nous verse encore une tasse de thé, puis ouvre un volume aux pages jaunies et se met à lire à mi-voix...

Lisait-elle en français en nous donnant une traduction, un résumé ? Ou était-ce un texte en russe ? Je ne me souviens plus. Nous n'avons retenu, ce soir, ni le titre du roman, ni le nom de l'auteur. Nous vivions dans l'intense éblouissement des images qui avaient tout à coup inondé la pièce de l'isba enneigée.

C'était un dîner mondain dans un fabuleux Paris romantique. Un grand souper, après une mascarade... La splendeur du décor, l'or palpitant des chandelles, les convives élégants et richement costumés d'un festin raffiné. Des femmes étincelantes. Des mets exquis, des flacons, des lustres, des fleurs. Un jeune dandy, assis en face de sa maîtresse, échange avec elle des regards enflammés. Soudain, distrait et maladroit, il laisse tomber une fourchette. Il s'incline, soulève légèrement la nappe et... le monde s'écroule ! Le joli pied de sa maîtresse est posé sur celui de son meilleur ami et le caresse doucement. Oui, leurs jambes sont croisées et ils les resserrent de temps en temps... Et quand le dandy se redresse, le même sourire amoureux l'accueille dans les yeux de la femme... Il fuit. Il s'enfuit à travers les ruines de son amour...

Nous étions sans paroles devant ce petit pied féminin caressant le soulier de l'ami perfide. Devant ces jambes enlacées sous la nappe. Devant cette fourchette... Rien dans notre univers ne correspondait à la finesse voluptueuse de la scène. Nous cherchions désespérément quel pied dans notre entourage pouvait être capable d'une telle caresse et d'une telle trahison. À nos yeux se présentaient de grosses bottes de feutre, des mains rouges couvertes de gerçures...

Olga continuait sa lecture. Le dandy désespéré escomptait trouver du réconfort auprès de la meilleure amie de sa maîtresse. Elle au moins devait comprendre et partager sa peine. Et l'amie se montrait très compréhensive, compatissante. Une âme sœur semblait tendre ses ailes au malheureux... Mais au milieu de ses lamentations, le héros remarquait que la robe de cette femme, assise devant la cheminée, avait glissé, par inadvertance, bien sûr, découvrant son genou et même la chair tendre de sa cuisse. Le jeune homme, discret, pensant que cette maladresse était due à l'émotion provoquée par son récit, détournait le regard, espérant que sa confidente finirait par remarquer ce défaut de toilette. Quelques instants après, il lui jette de nouveau un regard furtif : le genou, la cuisse s'exposent à ses yeux avec, semble-t-il, une désinvolture encore plus flagrante. Une intuition impossible transperce son esprit : cette âme sœur l'inviterait par sa chair provocante à s'oublier entre ses cuisses ! Le dandy rencontre son regard, les yeux de la femme sont embués de concupiscence...

À quoi, en effet, pouvions-nous comparer l'inimaginable complexité sentimentale de l'Occident qui nous était révélée ce soir ? En quels termes exprimer l'érotisme tout en nuances de cette scène de séduction ? La femme assise dans son fauteuil, une jambe savamment mise à nue. Une femme qui continue à écouter les aveux douloureux du jeune amoureux trahi, qui fait apparaître toutes les marques de compassion et qui, en même temps, relève imperceptiblement le bord de sa robe... Non, cette dialectique sensuelle n'avait pas d'équivalent dans notre langage d'hommes de la taïga !

De nous trois j'étais seul à pouvoir imaginer la confidente séductrice qui découvrait la tendre roseur de sa cuisse. Car je l'avais vue ! C'était la voyageuse nocturne, le soir de notre retour du Pacifique. C'était elle. Elle était également cette maîtresse infidèle dont le pied caressait sous la table celui du convive perfide. Je reconnus la pâleur de sa chair et l'élégance de son bottillon posé sur le rebord. « Et qui sait, me disais-je, le soir de la lecture, si je n'avais pas fui comme un imbécile, la voyageuse, rejetant le pan de sa pelisse, se serait peut-être mise à relever lentement le bord de sa robe en regardant toujours dans la fenêtre noire avec une attention exagérée ! »

Le sourire que Belmondo nous lançait du bout de l'avenue Lénine n'était donc pas aussi simple. L'Occident balnéaire des belles antilopes dorées, l'Occident héroïque et aventurier des cascades vertigineuses en cachait un autre : un Occident voluptueux, un royaume d'inimaginables perversions sensuelles, de fioritures érotiques raffinées, d'enchevêtrements affectifs capricieux…

Nous nous arrêtions à la lisière de ce continent inconnu. Nous avions pour guide la petite fille du début du siècle qui, un jour, dans le train Saint-Pétersbourg-Paris, avait ouvert un roman en tombant sur ces lignes qui l'avaient ensorcelée :

Ma maîtresse m'avait donné rendez-vous pour la nuit, et je portais lentement mon verre à mes lèvres en la regar-

dant. Comme je me retournais pour prendre une assiette,
ma fourchette tomba...

Durant tout ce temps-là, je ne cessai de penser à la
femme rousse dans son isba ensevelie sous la neige.
Mon souvenir était même devenu plus intense. La
découverte de l'Occident avait enlevé à cette nuit de
tempête son sens tragique – la prostituée rousse s'était
transformée très logiquement en ma première expérience amoureuse, en ma première conquête. Ardemment, j'attendais la suite. Je les voyais déjà arriver, mes
amoureuses futures : tantôt en belles espionnes aux
chairs robustes et bronzées, promettant de torrides
corps à corps sur le sable chaud de l'océan, tantôt en
séductrices langoureuses aux charmes décadents et
pervers...
La femme rousse devenait la matière de ces fantasmes – cette argile de chair, ce magma corporel que
je voulais anonyme. Je n'avais besoin que de sa pesan-
teur physique, du poids de ses seins, de la lourdeur de
ses cuisses, du chaud volume de ses hanches. C'est
cette masse que je sculptais indéfiniment en lui impri-
mant la forme de mes rêves d'Occident. Oui, c'était la
matière amorphe qui se laissait modeler par le ciseau
de l'esprit occidental. Le désordre haletant de la nuit
de tempête s'alignait dans une intrigue amoureuse,
le grand corps de la Rousse se couvrait de beaux

vêtements et ses jambes de la patine transparente des bas. Et de notre accouplement pénible sous une ampoule aveuglante, il ne restait que la sensation d'étreinte qui se distillait en glissant sous la lumière discrète d'un compartiment de luxe, vers la pénombre d'un salon où, face au feu de cheminée, une femme découvrait insensiblement sa nudité délicate...

La clarté occidentale chassait tout ce qu'il y avait eu de désordonné dans cette nuit. Les photos étalées sur la couverture, ses larmes, sa maladresse de femme ivre me paraissaient maintenant de menues scories, des miettes d'argile rejetées par un ciseau savant et précis.

La femme rousse était tout le temps là, devant mon regard envahi par les corps féminins en gestation. Et elle n'était plus – transformée par ma science occidentale, méconnaissable sous ses nouveaux habits. Quant à son visage, depuis cette nuit-là, j'avais oublié son expression. La neige, la fatigue, l'ivresse l'avaient rendu semblable à une aquarelle délavée. Cela facilitait beaucoup ma sculpture amoureuse.

Bizarrement, plus le corps de la prostituée rousse s'estompait plus je ressentais la nécessité de revenir la voir, de refaire cette première expérience, mais avec un regard tout neuf. Refaire provision de magma charnel pour mes fantasmes. Posséder ce grand corps fané en puisant sa matière première de sensations que j'allais par la suite affiner. Utiliser son abondance facile en attendant l'Occident.

Et puis, la revoir avait désormais pour moi l'importance d'un symbole. Je ne supportais plus le destin de « ni l'un, ni l'autre ». Il fallait faire un choix. On ne pouvait pas vivre en balançant entre ce Chinois à demi fou embrouillé dans son conte interminable et l'univers de Belmondo, entre l'Orient et l'Occident. Et notre choix était définitif. La visite chez la prostituée rousse devait tirer un trait sur le conte d'Asie. Un adieu sans retour.

<h2 style="text-align:center">15</h2>

Je mis longtemps avant de me décider à aller à Kajdaï. Les jours passaient et je n'étais jamais seul. La séance de dix-huit heures trente, le thé chez Olga, nous passions tous nos moments libres ensemble.

C'est un soir d'avril, tiède et silencieux, qui rendit cette rencontre d'adieu possible…

Dès l'après-midi, nous l'avions tous senti dans l'air : l'hiver allait livrer sa dernière bataille d'arrière-garde. Le ciel se voila, se radoucit, s'alourdit d'une attente nuageuse. Les grands flocons se mirent à tournoyer dans un souffle de plus en plus abondant, de plus en plus vertigineux. C'était le début de la dernière tempête de neige. Par ce soupir affaibli, par ce souffle indolent, l'hiver voulait montrer sa puissance au printemps victorieux tout proche. Tel un grand oiseau fatigué par le voyage long de sept mois, il agiterait désespérément ses grandes ailes blanches et s'envolerait enfin en laissant nos isbas sous la couche moelleuse de son duvet neigeux…

Le lendemain, le village se réveilla enseveli. Mais cette fois, on sentait que c'était bien la fin de l'hiver. La couche de neige que je perçais avec une pelle en contreplaqué avait une légèreté lumineuse et s'affaissait d'elle-même – dans un éboulement alangui. Et le soleil, à la surface, était déjà tout printanier. Il brillait d'un éclat chaud sur quelques cheminées qui pointaient de la neige, sur les faîtes noircis des toits. Une senteur dense parvenait de la taïga, l'odeur troublante du puissant réveil de vies végétales infinies. Et un choucas, démesurément grand sur un peuplier devenu tout petit, criait avec une joie folle et désordonnée. Me voyant sortir de ma percée, il se jeta dans le ciel en remplissant l'air de ses appels enivrés. Puis, dans le silence ensoleillé, j'entendis le murmure des gouttes qui se formaient le long du toit chauffé par les rayons. Naissance secrète du premier ruisseau…

Le soir, je me dirigeai vers Kajdaï. J'arrivais non pas de notre village, mais du côté de Nerloug. C'est là, à la ville, que je venais d'acheter ce que je n'avais encore jamais tenu entre les mains : une bouteille de cognac. Elle était plate et l'on pouvait la glisser facilement dans la poche de la touloupe. Je la retirais de temps en temps, dévissais le bouchon qui cédait avec un crissement agréable et j'avalais une petite gorgée cuisante.

Je ne voyais plus que le corps de la femme rousse. Après chaque gorgée, je le maniais de plus en plus habilement, je l'étreignais sans ménagement. Je fouillais dans cette chair pour lui prendre ce que mon rêve allait, plus tard, modeler. Et, de plus en plus, j'étais fier de ma virilité méprisante. J'y voyais le signe de la rupture définitive avec mon passé. Oui, il me fallait mépriser ce grand corps amorphe, l'humilier, lui imposer ma force dédaigneuse. En glissant dans la plaine inondée de lumière cuivrée, je m'excitais à l'image de cette chair-argile. Mes doigts se remplissaient de la masse de ses seins que je tirais, pétrissais, en malaxant, en torturant leur pulpe granuleuse. Ma main ne se cramponnait plus bêtement à son épaule, comme la première fois, mais s'enfonçait dans l'épaisseur molle de ses lourdes cuisses. Je me sentais sculpteur, artiste puisant son matériau dans la nature généreuse mais privée du sens de la forme. Et aussi un Occidental – un être donnant à son désir, à son amour, au corps féminin l'orgueilleuse clarté de la pensée.

Grâce aux lectures d'Olga, je me familiarisais chaque jour davantage avec cette clarté. J'étais sûr que ce merveilleux éclairage pouvait rendre compte de nos sentiments les plus ténébreux. Même de cette visite chez la femme que je n'avais jamais aimée et dont le corps me faisait peur par son énormité affaissée. Mon désir de la revoir s'associait peu à peu dans ma tête avec l'élégance perverse de la femme-confidente qui découvrait lentement la roseur pâle de sa hanche. Et qui gardait dans son regard un reflet de compassion presque maternelle...

Oui, à un certain moment, je me sentis pervers. Donc grand. Donc libéré de tout ce fouillis de petits riens sentimentaux que mon esprit avait autrefois traînés dans un flux indistinct. J'étais pervers, je le comprenais, donc j'étais un Occidental! Et libre, car j'allais faire de ce corps qui m'attendait déjà ce que je voudrais, sans le moindre état d'âme. Et j'allais le quitter, sans que la femme rousse sache que c'était notre dernière rencontre...

Heureux d'avoir enfin tout compris, je m'arrêtai au sommet d'une grande dune de neige qui surplombait la vallée de l'Oleï. En plissant les yeux sous l'éclat du couchant, je dévissai le bouchon et bus une longue gorgée du liquide brunâtre dont le nom étranger sonnait si bien à l'oreille. Et dans ma tête résonnaient ces quelques phrases dans toute leur limpidité occidentale, qui exprimaient idéalement ce que je m'apprêtais à vivre :

Je ne sais quelle force désespérée m'y poussait, j'avais comme une sourde envie de la posséder encore une fois, de boire sur son corps magnifique toutes ces larmes amères et de nous tuer après tous les deux. Enfin, je l'abhorrais et je l'idolâtrais...

À la gare, j'entrai dans le hall d'attente d'un pas résolu, avec la désinvolture d'un conquérant. Après le port du Pacifique, tout dans ce bâtiment me paraissait petit, campagnard. Les horaires des trains sur le tableau d'affichage poussiéreux, la lignée terne des lampes sous leur boule de verre mat, quelques voyageurs avec leurs bagages rustiques. J'allai dans la petite salle d'attente. Je croyais déjà voir le reflet de ses cheveux roux au-dessus des rangées de chaises... Mais la femme n'y était pas. Interdit, je fis le tour de la salle : la vitrine du kiosque avec les sourires déteints des cosmonautes, le buffet avec la vendeuse ensommeillée, les fenêtres givrées... Je ne pouvais même pas supposer que la femme rousse puisse être absente. Surtout le jour de la tempête de neige… Le jour d'un choix si important et définitif !

Je sortis sur le quai. Les wagons dormaient sous d'épais édredons de neige. Une balayeuse armée d'une large pelle frayait lentement un étroit passage vers les entrepôts. « Mais où peut-elle traîner à cette heure-ci ? », me demandai-je avec agacement, en observant toute cette immobilité provinciale.

Soudain, la réponse toute simple me vint à l'esprit : « Que je suis bête ! Mais elle doit être avec quelqu'un… Quelqu'un est en train de "la faire" en ce moment ! »

Je sentis une joie mauvaise étirer mes lèvres dans un sourire méchant. D'un pas rapide, je traversai la gare et, empruntant les passages percés au milieu des congères, j'allais à l'autre bout de Kajdaï vers son isba…

« Oui, je vais attendre à deux pas de sa porte, me disais-je, je vais attendre que ça finisse… » Et la perversité de mon désir gagnait en intensité. Je sentais son goût sur mes lèvres irritées par l'alcool. Le corps de la Rousse serait encore tout chaud. Une masse réchauffée prête à pétrir…

De son isba on ne voyait que le haut du toit, la cheminée sous son couvercle noirci. Et le bouleau à moitié noyé dans la neige, avec sa petite maisonnette d'oiseaux. Le soleil s'était déjà caché derrière la frange crénelée de la taïga. Dans le crépuscule d'avril, bleu et limpide, les branches de ce bouleau, le faîte du toit, les contours des dunes immaculées se profilaient avec une netteté surnaturelle. Et au milieu de cette sérénité, je sentais avec un étrange détachement ma propre présence, semblable à un ressort pressé à l'extrême.

Je vis la longue trace sombre dans la neige : la percée qui conduisait à la porte de son isba. Je m'en approchai avec précaution pour ne pas faire entendre le crissement de mes pas. La percée était déjà remplie de l'ombre violette du soir.

Je vis les marches de neige tassée qui descendaient vers le fond, vers l'entrée. En m'inclinant au-dessus de cette trouée étroite, je perçai du regard sa profondeur...

À mon plus grand étonnement, la porte de l'isba n'était pas fermée. Une lumière tamisée éclairait le perron et le seuil de la maison. J'entendis d'abord un léger martèlement, une série de petits coups que produit d'habitude une hache quand on fend de fines bûchettes pour allumer le poêle. Oui, quelqu'un préparait du bois et avait ouvert la porte pour aérer l'isba ensevelie. Ce bruit familier me déconcerta. Allais-je descendre tout de suite ? Ou attendre un peu ?

C'est à ce moment que j'entendis sa voix...

C'était un chant qui semblait venir de très loin, comme s'il avait eu à parcourir des espaces infinis avant de commencer à ruisseler dans cette isba enneigée. La voix était presque faible, mais il y avait en elle cette étonnante liberté pure et vraie des chansons qu'on chante dans la solitude, pour soi-même, pour le vent, pour le silence du soir. Les paroles venaient au rythme de la respiration, interrompues de temps à autre par le craquement du bois fendillé. Elles ne s'adressaient à personne, mais se fondaient imperceptiblement dans l'ombre bleue de l'air fraîchissant, dans l'odeur de la neige, dans le ciel.

Je ne bougeais plus, tendant l'oreille à cette voix venant du fond des neiges.

L'histoire de la chanson était toute simple. Celle qu'aurait évoquée n'importe quelle femme, le soir, le regard perdu dans la danse fluide des flammes. L'attente désespérée du bien-aimé, l'oiseau qui s'envole – heureux, lui! – au-dessus de la steppe, les froids qui brûlent les fleurs d'été…

Oui, cette histoire, je la connaissais par cœur. Je n'écoutais que la voix. Et je ne comprenais plus rien!

Il y avait cette voix simple et douce, le ciel dont la profondeur foncée s'emplissait des premières étoiles, le souffle pénétrant de la taïga toute proche. Et le bouleau solitaire avec sa maisonnette encore vide, cet arbre gardant un silence attentif dans l'air mauve du crépuscule.

Je me redressai au-dessus de la percée, je regardai autour de moi. La voix qui s'écoulait sous le ciel, surgissant de cette ombre violette à mes pieds, semblait mystérieusement relier le silence limpide du soir et nos deux présences, si proches et si différentes. Et plus je m'imprégnais de cette secrète harmonie, plus mes rêves fébriles me paraissaient insignifiants. Dans ma jeune tête grisée s'éteignaient lentement les répliques des disputes qui m'excitaient depuis tant de jours. Des paroles monotones, d'abord, semblables à celles du vieux Chinois dans notre wagon : oui, disait-il, ainsi va la vie, une prostituée rousse dont le corps étanchera les désirs des hommes jeunes et âgés qui tous mourront en leur temps, et une autre femme viendra, brune ou blonde peut-être, et d'autres hommes rechercheront dans son corps l'introuvable étincelle d'amour ; il y aura de nouveaux hivers et de nouveaux redoux, et de nouvelles tempêtes, et des étés courts comme l'instant de plaisir, et il y aura toujours un soir dans la vie de cette femme où elle sera assise devant le feu en chantant à mi-voix une chanson que personne n'entendra...

Ainsi parlait dans ma tête la voix impassible de l'Asie.

Une autre l'interrompait pour souffler : la première fois tu avais été naïf et inconscient, essaye à présent de jouir de ton désir pensé, de la compréhension du désir, de ta pensée victorieuse. Compose avec ce corps, avec tes sensations répertoriées une belle histoire d'amour. Dis-la, raconte-la, pense-la !

L'écho de ces paroles se tut… M'éloignant de l'isba de la femme rousse, j'allai m'asseoir dans la neige, le dos contre le tronc d'un cèdre. J'enlevai ma chapka, je déboutonnai ma touloupe. Le vent ondoyant glaça mon front humide. Une étoile basse brillait dans le ciel comme une larme hésitante. L'instant que je vivais avait lui aussi la pureté fragile d'une larme. Tout cet univers nocturne ressemblait à ce cristal vivant suspendu aux battements des cils de quelqu'un d'invisible. Je me sentais regardé par ses yeux immenses. J'étais à l'intérieur de cette larme fragile, dans sa densité limpide.

De l'étroite percée montait la voix lointaine de la femme rousse. Oui, de cette femme au grand corps flétri, au visage usé par les regards de tous les hommes qui s'étaient débattus sur son ventre, cette femme avec son éternelle attente d'un train pour nulle part, avec ses photos aux bords ouvragés, avec ses larmes avinées…

Elle était tout cela. Elle était tout autre. La voix qui s'élevait vers les frémissements de la première étoile. La plaine blanche qui se tapissait de la transparence bleutée de la nuit. La senteur de la fumée du feu ravivé. Et ces immenses yeux emplissant toute la profondeur du ciel.

Mes cils tremblèrent, tout se fondit, se troubla. Un tracé chaud me chatouilla la joue…

Je n'étais jamais encore rentré au village en pleine nuit. Jamais je n'avais marché aussi longtemps sur la longue crête des dunes surplombant l'Oleï, à l'ombre de la taïga endormie. Je m'avançais sans penser à quelque danger que ce soit, ni à la présence invisible des loups. À des moments comme cela, l'homme est ménagé par le destin, guidé par le clair de lune comme un somnambule… Je m'efforçais de me rappeler le visage de la femme rousse. En vain. L'ovale terne peint à l'aquarelle pâle apparaissait là où je cherchais ses traits. Soudain, le souvenir des photos revint. Une jeune femme tenant un enfant dans ses bras, sa silhouette sur l'herbe ensoleillée, le scintillement d'une rivière… Je marchais en regardant ces yeux souriants.

Et comme un monogramme deviné au milieu des entrelacs, l'ovale terne s'éclaira, se précisa tout à coup. La femme rousse me regardait avec les yeux de la jeune inconnue des photos. Elle retrouvait son visage d'antan. Dans mon souvenir d'elle.

À mon retour, ma tante ne me dit rien. Elle m'ouvrit la porte en essayant de ne pas rencontrer mon regard et alla se recoucher en pensant sans doute que je revenais de mon premier rendez-vous d'amour, de ma première aventure d'homme...

Je me réveillai au milieu de la nuit. Dans le sommeil, je crus enfin comprendre pourquoi la petite maisonnette d'oiseaux évoquait obstinément pour moi quelque souvenir vague. C'est qu'elle avait été confectionnée avec beaucoup de soin et de finesse. Ses murs, les pentes de son toit et son perchoir portaient des ornements – des cannelures taillées dans le bois. Oui, elle m'avait rappelé les bords ouvragés des photos. C'étaient les traces d'une vie rêvée que quelqu'un avait voulue belle, même dans les petits riens de l'existence. «Comme il devait l'aimer, cette femme!» chuchotai-je tout bas dans l'obscurité, surpris moi-même de ces paroles.

Quelques jours plus tard, dans l'embrasement du soleil, le village rompit ses amarres: l'Oleï s'ébranla, brisa ses glaces, s'élança vers le sud. Vers le fleuve Amour.

Enivrés par ce mouvement plein de fraîcheur lumineuse, nous étions pris de vertige. Le ciel se renversa dans le ruissellement du courant. Nos isbas naviguaient au milieu des neiges encore intactes, entre les murs sombres de la taïga.

Tous les trois nous contemplions ce lent glissement. Outkine se tenait à deux pas derrière nous. C'était la première fois après tant d'années qu'il venait voir la débâcle...

D'ailleurs, cette délivrance du flux printanier n'avait rien de la force dévastatrice de l'Amour. Rien de symbolique non plus. C'était tout simplement la carapace hivernale de la rivière qui se rompait. Une carapace de jours, de souvenirs, d'instants, qui s'en allait vers le sud, dans le crissement mélodieux des glaçons, le clapotis des torrents libérés, dans les gerbes du soleil.

Sur les glaces flottantes, nous vîmes passer les traces de nos raquettes, les trous laissés par nos piques. Puis, ce fut le tour du Tournant du Diable, les ornières profondes creusées dans la neige par les roues de lourds camions, les pointillés noirs de cambouis...

Soudain, il y eut un mouvement inattendu. Un large pan de glace près de la petite isba des bains se détacha et, glissant sur la rive, suivit la navigation générale. Nous n'avions plus d'yeux que pour sa surface anguleuse. On y voyait distinctement, moulées dans la neige, les empreintes de deux corps nus. C'étaient celles laissées par Samouraï et moi lors de notre dernier bain nocturne deux jours auparavant – la trace de notre béatitude muette face au ciel étoilé. Ces deux corps aux longues jambes écartées et aux bras en croix s'éloignaient lentement vers le grand fleuve. Vers le soleil d'Asie. Vers l'Amour…

16

Toute cette journée de la débâcle, Outkine resta un peu distrait, vague. À cause du souvenir douloureux du fleuve, pensions-nous. Mais le soir, alors que nous étions assis sur le premier talus libéré de neige, il tira de sa poche une feuille froissée et, avec un sourire tendu, annonça :

– Je veux vous lire un poème !

– Un poème de Pouchkine ? demandai-je, goguenard.

Outkine ne répondit pas, baissa les yeux et se mit à lire. D'une voix inégale, asséchée, qui semblait ne plus lui appartenir. Aux premières lignes, je faillis pousser un sifflement. Samouraï m'arrêta d'un regard rapide et froid.

Je sais que ton attente sous cette neige
Est plus désespérée que la mort...
Je sais qu'en passant à côté de toi
Je n'aurai droit qu'à un regard de pitié
Mais je ne m'approcherai pas
Je resterai là, dans le brouillard froid de la plaine,
Juste pour qu'il y ait une présence dans ce vide blanc...
Une silhouette lointaine. Et tu pourras le rêver,
Cet homme qui ira éternellement à ta rencontre,
Sans jamais arriver...

Aux dernières paroles, la voix d'Outkine s'étrangla. Il plongea la feuille dans la poche de sa touloupe, se leva brusquement et se mit à courir le long de l'Oleï en s'enlisant dans la neige molle. Il ressemblait plus que jamais à un oiseau blessé qui s'efforçait de s'envoler...

Nous nous taisions. Samouraï sortit son cigare, l'alluma d'un geste lent, le regard rêveur. En soufflant sa fumée amère, il haussait les sourcils, secouait légèrement la tête au rythme de ses pensées silencieuses. Puis, remarquant que je suivais sur son visage le cours de ses réflexions, il claqua la langue, poussa un soupir :

– Les femmes sont quand même bêtes. Pour un poème comme ça, elles devraient se damner ! Mais elles aiment les beaux petits mecs comme toi ou les gros baraqués comme moi. Et lui... il court, là, comme un fou... Regarde, il est tombé, le malheureux !... Non, non, il faut le laisser seul, maintenant...

Samouraï se tut. Nous voyions Outkine, au loin, se relever, secouer la neige collée à sa touloupe et reprendre sa marche boiteuse vers les premiers arbres de la taïga... Tout à coup Samouraï sourit et me lança un clin d'œil.

– Mais avoue qu'il n'aurait jamais eu le courage de nous lire son poème, si on n'avait pas connu Belmondo ! Il ne l'aurait même pas écrit, peut-être...

Nous revenions au village dans la lumière bleue et fluide du crépuscule de printemps.

– Va frapper chez lui, me demanda Samouraï. Dis-lui que demain ils passent le film pour la dernière fois. On ne sait pas maintenant quand on pourra le revoir. Celui-ci ou d'autres. Peut-être pas avant l'hiver prochain...

Le lendemain, à dix-huit heures trente, après les performances du travail socialiste et la remise de décorations au Kremlin, nous entrions dans une ville féerique sortant de l'onde marine. Venise ! Et l'indomptable Belmondo s'élançait au volant d'une vedette rapide, se frayant un passage entre des gondoles langoureuses. Fuyant ses poursuivants, il s'engouffrait avec son bateau ivre directement dans le hall d'un luxueux hôtel dont le rez-de-chaussée dépassait à peine le niveau du canal.

Les portes vitrées volaient en éclats, les employés se réfugiaient dans des recoins protégés. Et lui, sourire indulgent et geste large, annonçait :

– J'ai réservé la suite royale pour cette nuit...

Et que de lèvres murmuraient au milieu de notre taïga durant ce printemps sibérien le mot magique de « Vénetsia » !...

Samouraï avait vu juste : après cette séance, Belmondo prit congé. Comme si, en été, sa présence au bout de l'avenue Lénine était moins indispensable. C'est vrai, les arbres se couvraient de l'ombre verdoyante des premières feuilles et dissimulaient peu à peu le bâtiment trapu de la milice et du KGB, effaçaient les contours anguleux de l'usine de barbelés.

Mais surtout, l'Occident qu'il avait voulu acclimater sur le permafrost de nos terres semblait prendre racine. L'été se chargerait du reste, devait-il penser en s'en allant en vacances.

Oui, l'Occident paraissait désormais bien implanté dans nos cœurs. N'est-ce pas un hasard si même les documentaires stupides sur le blindage d'or des décorations kremléniennes et sur les tisseuses stakhanovistes provoquaient en nous à présent une sorte de vague à l'âme ? Nous nous souvenions qu'en hiver ces tisseuses et ces vieillards décorés précédaient l'apparition de notre héros. Maintenant, ils nous étaient presque chers. Et, ébahis, nous découvrions sous leurs masques de robots de propagande la première nostalgie de notre vie : nos longues marches à travers la taïga enneigée, les constellations complexes de senteurs, de tons lumineux, de sensations…

Un soir d'été, rassemblés tous les trois autour du samovar d'Olga, nous écoutions son récit. Elle parlait d'un écrivain dont elle ne pouvait pas nous lire le roman d'abord parce que le livre était trop long – il faudrait des années, disait-elle, pour le lire et toute une vie pour le comprendre –, ensuite cette œuvre n'était pas, paraît-il, traduite en russe… Elle se borna donc à nous résumer un seul épisode qui, d'après elle, en exprimait l'idée… Le héros buvait, comme nous, un thé, sans pour autant avoir droit à un samovar. Une gorgée parfumée et une bouchée de gâteau au nom inconnu produisaient en lui une réaction gustative merveilleuse : il voyait renaître les bruits, les odeurs, l'âme des jours lointains de son enfance. Sans oser interrompre le récit d'Olga, ni avouer notre intuition, nous nous demandions avec un étonnement incrédule : « Et si l'image cent fois revue, celle de la tisseuse, l'odeur fraîche des chapkas couvertes de neige fondue, l'obscurité de la salle de L'Octobre rouge, si tout cela pouvait remplacer le gâteau du jeune esthète français, si nous aussi nous pouvions accéder à cette mystérieuse nostalgie occidentale avec nos moyens de bord rudimentaires ? »

Avec Belmondo, on n'était pas à un miracle près…

Mais plus encore que par le contenu romanesque, l'Occident s'installait en nous par sa langue…

L'allemand que nous apprenions à l'école n'avait pour nous aucun lien avec l'Occident de nos rêves, c'était la langue de l'ennemi, un instrument utile en cas de guerre, un point, c'est tout. La langue des Américains nous répugnait. Tous les enfants de la nomenklatura locale le baragouinaient peu ou prou. On avait même créé une classe spéciale avec l'enseignement de l'anglais où on les avait tous regroupés. Les prolétaires, eux, devaient apprendre la langue de l'ennemi…

Non, pour nous, la seule vraie langue de l'Occident était celle de Belmondo. Revoyant ses films, dix, quinze, vingt fois, nous apprîmes à distinguer sur ses lèvres les traces inaudibles de ces mots fantômes effacés par le doublage. Un petit frémissement aux coins de sa bouche quand la phrase en russe était déjà terminée, un rapide arrondi de ses lèvres, des accents qu'on devinait réguliers…

Olga nous faisait parfois la lecture en français. Les paroles fantômes transparaissaient peu à peu. Belmondo se mettait à nous parler dans sa langue maternelle. L'envie de lui répondre était telle que le français pénétra en nous par imprégnation, sans grammaire ni explication. Nous copions ses sons d'abord comme des perroquets, par la suite comme des enfants. D'ailleurs, grâce aux films, nous le parlions avant de l'avoir entendu. Nos lèvres, imitant le mouvement perçu sur celles de Belmondo, répétaient à part soi les strophes qu'Olga lisait devant la fenêtre ouverte dans le soir clair et doux :

> *Impossible union*
> *Des âmes par le corps...*

Toutes nos rêveries juvéniles trouvaient une expression limpide dans ces rimes d'un poète d'antan...

Un jour, Outkine parla à Olga de l'anglais. Elle sourit, très grande dame, les commissures des lèvres un peu tendues :

– L'anglais, mes chers amis, ce n'est rien d'autre que du français abâtardi. Si ma mémoire est bonne, jusqu'au XVIIe siècle, le français était la langue officielle des Anglais. Quant aux Américains, n'en parlons pas. Les quelques pensées qui leur restent, ils parviennent très bien à les exprimer à l'aide des interjections les plus sommaires...

Nous étions ravis d'une telle interprétation. Les petits apparatchiks étudiaient donc sans s'en rendre compte un ersatz infâme de la langue de Belmondo! Et qui était, en plus, tout à fait remplaçable par une série de gestes et d'interjections primaires. C'est à Outkine que cette explication procura le plus de satisfaction. Les Américains étaient sa bête noire. Il ne pouvait pas leur pardonner l'extermination des Indiens. Dans sa vision, les Indiens n'étaient autres que nos lointains ancêtres sibériens qui avaient traversé jadis le détroit de Bering et s'étaient répandus dans la Grande Prairie de l'Amérique. «Ce sont nos frères très proches», répétait-il souvent en projetant une union de guerre avec les Indiens contre les Américains. Au terme de cette bataille, New York devrait être rasé et les terres annexées par les Blancs rendues aux bisons et aux Indiens...

Belmondo s'en alla. Son grand portrait à côté de *L'Octobre rouge* disparut, cédant la place à quelques visages maussades d'un film sur la guerre civile. Mais l'Occident était là, parmi nous. On sentait sa présence dans l'air du printemps, dans la transparence du vent dont nous percevions parfois le goût piquant, océanique, dans l'expression détendue des visages.

Et si, nous trois, amants de l'Occident, recherchions son essence secrète dans la lecture et dans la sonorité de sa langue, les autres fidèles la découvraient dans des signes plus tangibles. Le coup de théâtre de notre directrice, par exemple.

Oui, celle qui, d'après des rumeurs aussi tenaces qu'invraisemblables, se livrait à des orgies sexuelles sur des couchettes étroites dans les cabines des gros camions transportant d'énormes cargaisons de bois. Cette femme éternellement emmitouflée dans un châle, vêtue d'une veste et d'une jupe en laine très épaisse – aussi raide et drue que celle d'un tapis –, chaussée de grosses bottes de fourrure qui découvraient juste quelques centimètres de ses jambes protégées par des caleçons tricotés. En un mot, un corps inabordable, inimaginable, inexistant. Et son visage, ce visage de femme éteinte, rappelait une porte cadenassée que personne de toute façon n'aurait jamais eu l'intention d'ouvrir... Et soudain un tel coup de théâtre !

Ce jour de mai, nous vîmes s'arrêter dans une ruelle qui longeait le bâtiment de l'école une voiture extraordinaire. Une marque étrangère qu'on ne rencontrait que dans les films sur les horreurs du capitalisme agonisant. Et dans ceux de Belmondo, bien sûr... Nous savions déjà qu'on pouvait, par quelque troc astucieux, se procurer une telle voiture chez les Japonais, en Extrême-Orient. Mais c'était la première fois que nous en voyions une, « en chair et en os ».

Elle n'était pas neuve, non. Elle avait dû être peinte et repeinte, réparée plus d'une fois, trafiquée peut-être. Sa plaque d'immatriculation ressemblait à celle de n'importe quel camion. Mais qu'est-ce que cela pouvait nous faire ? Ce qui comptait c'étaient ses nobles contours, sa silhouette élancée, son étrangeté. Bref, son allure occidentale.

Tout se passa très vite. Les passants et nous autres élèves, nous n'eûmes même pas le temps de nous attrouper autour de la belle étrangère. Sa portière claqua, un homme grand, bien fait, portant un uniforme d'officier de la marine marchande, fit quelques pas en observant le portail de l'école. Tout le monde suivit son regard.

Une femme descendait les marches du perron. La directrice ! Oui, c'était elle… Nous en oubliâmes la voiture. Car celle qui s'approchait du capitaine était très belle. On voyait ses jambes découvertes au ras des genoux, longues, sveltes, jouant des reflets transparents de ses bas noirs. On voyait même ses genoux d'une fragilité oblongue, élégante. Et en plus, elle avait des seins et des hanches ! Les seins redressés légèrement de belles dentelles encadrant le décolleté très pudique de sa robe. Les hanches remplissaient la fine étoffe de leur mouvement rythmique. C'était tout simplement une femme belle et sûre de ses gestes qui marchait en souriant à la rencontre d'un homme qui l'attendait.

Ses cheveux relevés laissaient apparaître un joli galbe du cou, à ses oreilles scintillaient des pendeloques garnies de grains d'ambre. Et son visage ressemblait à un bouquet de fleurs des champs, dans sa candeur fraîche et ouverte.

Au moment de la rencontre, nous ne vîmes d'ailleurs que ce bouquet. Les autres traits de la directrice transfigurée s'imprimèrent dans nos yeux, mais furent examinés plus tard par le jeu de notre mémoire collective. Le coup de théâtre fut trop rapide.

Elle traversa la rue printanière. Le capitaine fit quelques pas vers elle en laissant planer sur son visage un sourire un peu mystérieux. Puis, d'un geste de prestidigitateur, il enleva sa belle casquette bleu marine et s'inclina vers la femme qui s'arrêtait devant lui. La foule retint son souffle... Le capitaine embrassa la directrice sur la joue...

Donc ils savaient faire tout ça ! Elle : s'habiller avec élégance, se coiffer, être vive, désirable ; lui : maîtriser ce bel engin, ouvrir la portière devant une dame en lui jetant une parole courtoise. Mais surtout démarrer à la Belmondo !

Oui, il le fit pour nous, en brûlant le feu rouge, en narguant les uniformes gris, en rejetant les rues de Nerloug de ses quatre roues furibondes. Le vrombissement de la belle étrangère nous assourdit, sa vitesse déforma toutes les perspectives habituelles – les arbres et les maisons semblaient déferler sur nous. Et la voiture, en faisant crisser ses pneus, tournait déjà vers l'avenue Lénine. Et dans sa fenêtre ouverte nous voyions battre au vent un bout de l'écharpe rose de notre directrice. Comme en signe d'adieu...

Une semaine plus tard, la ville trouva la clef du mystère... Le jour de la dernière tempête, profitant de la fermeture de l'école, la directrice avait décidé d'aller voir ce film – à la toute première séance, pour être sûre de ne pas se laisser surprendre par les élèves. Tout le monde parlait depuis des mois d'un certain Belmondo. Mais elle ne pouvait pas s'abaisser à ce genre de culture de masse. Pourtant, la tentation était grande. La directrice avait dû sentir un air nouveau se répandre dans les rues de Nerloug...

Le lendemain de la tempête, à peine les chasse-neige avaient-ils déblayé les artères principales de la ville qu'elle alla au cinéma. Blindée dans sa carapace de laine épaisse, elle se rendit compte avec satisfaction qu'elle était pratiquement seule dans la salle...

Le capitaine n'arriva qu'après le journal. Discipliné, il regarda son billet, chercha son rang et sa place et s'assit à côté d'elle. Il avait sa tête des mauvais jours – des jours où il fallait quitter le navire et plonger dans l'agitation quotidienne en redevenant un homme comme les autres. Il allait à Novossibirsk, son train avait été bloqué à Nerloug par ce dernier combat de l'hiver, on ne prévoyait pas le départ avant vingt-quatre heures. Excédé par l'attente inutile, mal rasé, hargneux, le capitaine échoua dans la salle froide de L'Octobre rouge, à côté d'une femme dont il pensa avec écœurement : « En voilà donc une Nerlougienne… Oh, mon Dieu ! Comment une femme peut-elle s'attifer ainsi ? Mes matelots s'en tireraient mieux. Un joli visage, mais cette mine ! On dirait une religieuse en plein carême… »

La lumière s'éteignit. L'écran se colora. Une ville fabuleuse émergeait de la mer d'azur. Avec ses palais, ses tours se mirant dans l'eau… Et le capitaine, oubliant tout de suite et Nerloug et son train et L'Octobre rouge, murmura en reconnaissant la silhouette aérienne :

– Vénetsia !

Les longs cils de la directrice frémirent…

Belmondo surgit, concentra dans son regard toute la magnificence du ciel, de la mer, de la ville, et se propulsa à travers les canaux sur son bateau fou.

– J'ai réservé une suite royale pour cette nuit ! annonça-t-il, s'encastrant dans le hall de l'hôtel au volant de sa vedette.

Un écho doux résonna dans le cœur des deux spectateurs solitaires : « Une suite royale… Pour cette nuit… »

Et dans la suite en question une sorte de bacchante sur talons aiguilles et très peu habillée arrachait la nappe en invitant le héros à une orgie sauvage :

– Tu vas me posséder sur cette table, tout de suite !

La directrice se raidit, sentant ses cheveux se tendre sur ses tempes. Le capitaine toussota.

– Et pourquoi pas debout dans un hamac ou sur des skis ? répliquait Belmondo.

C'était vraiment trop bête ! Merveilleusement bête ! Ahurissant ! Le capitaine se mit à rire à gorge déployée. La directrice, ne parvenant plus à lutter contre le rire en ébullition, le suivit en appliquant sur ses lèvres un mouchoir aux bords de dentelle...

Et, de nouveau, on vit la ville sortir de l'onde de la lagune, mais cette fois parée dans sa beauté nocturne. Belmondo apparut, surpris dans cet instant fugitif de vague à l'âme entre deux aventures. Il était assis sur un parapet de granit, le regard éteint, l'air mélancolique. Nous avions toujours pris ces moments pour une pause nécessaire au milieu des cascades. Mais deux spectateurs solitaires perçaient dans cette parenthèse silencieuse un tout autre sens... C'est alors que le capitaine, en tournant légèrement la tête vers sa voisine, répéta rêveusement :

– Vénetsia !

Quant à nous autres, badauds fascinés par le véhicule occidental, ce jour de mai, nous avons clairement compris l'étendue du bouleversement provoqué dans notre vie par Belmondo. Si une voiture fraîchement sortie de ses films pouvait éventrer la perspective figée de l'avenue Lénine, transformant notre directrice en créature de rêve, quelque chose avait définitivement changé. Les uniformes gris, nous le savions, envahiraient les rues de nouveau ; l'usine de barbelés La Communarde augmenterait la productivité et dépasserait le plan ; l'hiver reviendrait… Mais rien ne serait plus comme avant. Notre vie s'ouvrait désormais sur un infini ailleurs. Le soleil embrouillé entre les miradors du camp reprenait peu à peu son va-et-vient majestueux.

Rien ne serait plus jamais comme avant. Nous voulions tellement y croire !

17

Quand est-ce donc enfin arrivé ?

Ce jeune corps féminin qui m'accueillit, me moulant, m'aspirant, m'absorbant dans ses odeurs, dans la souplesse fuyante de sa peau, dans la fumée noire de ses cheveux répandus sur l'herbe. Et ce vent fort et chaud du début de l'été, le vent des steppes qui contrastait tellement avec la fraîcheur glacée de l'Oleï en cru. Ses eaux cristallines nous entouraient de toutes parts. Et ce hamac qui se balançait dans le vent… Oui, un hamac ! Nous n'avions rien oublié, Belmondo ! Ce vent, ce ciel renversé dans ses yeux bridés aveuglés par le plaisir, sa plainte haletante… Quand ?

L'arrivée de Belmondo avait interrompu le cours régulier du temps. L'hiver avait perdu sa signification de sommeil éternel. Les soirées – à cause des films – celle d'apaisement vespéral. L'instant de dix-huit heures trente s'était imposé à tous avec une évidence cosmique. Nous vivions au gré de ces rythmes nouveaux, nous retrouvant aujourd'hui au Mexique, demain à Venise. Toute autre temporalité était caduque…

Impossible de me souvenir si c'était l'An I ou l'An II de notre nouvelle chronologie. Impossible de dire si j'avais quinze ans comme au printemps de notre fugue à l'Extrême-Orient, ou bien seize, c'est-à-dire un an après le retour de Belmondo. Je n'en sais rien. Selon toute vraisemblance, c'était bien le deuxième printemps. Car je n'aurais pas pu vivre tout cela en une seule année. Mon cœur eût explosé !

Quinze ans, seize ans… Ces marques sont d'ailleurs si relatives tant l'intensité de nos passions était vive. Non, j'avais l'âge de la nuit dans l'isba de la femme rousse, et l'âge de la première gorgée de cognac, et celui du goût salé du Pacifique. L'âge où l'on découvrait que la fragile beauté du genou féminin pouvait causer une douleur déchirante, être un supplice bienheureux. L'âge où la chair blanche, pulpeuse d'une prostituée vieillissante me hantait par sa matérialité infranchissable. L'âge du mystère dévoilé du Transsibérien. L'âge où le corps féminin m'apprenait, mot après mot, geste après geste, son langage. L'âge où l'enfance n'était plus qu'un écho affaibli – comme le souvenir de cette grande larme glacée dans l'œil du loup étendu de tout son long dans la neige bleutée du soir.

Quinze ans, seize ans... Non, j'étais plutôt cet étrange alliage des vents, des silences et des rumeurs de la taïga, des lieux visités ou imaginés. J'étais quelqu'un qui savait déjà, grâce à la bibliothèque d'Olga, que les châtelaines féodales avaient un corsage long comme celui de la malheureuse Emma. Que les épaules d'une odalisque au bain étaient recouvertes d'une couleur ambrée... Et qu'il fallait être un vrai goujat, comme cet hobereau chez Maupassant, pour demander à l'hôtelière de préparer un lit à midi, divulguant ainsi ses intentions à l'égard de sa jeune épouse cramoisie... Instruit par Musset, je savais que les amoureux romantiques choisissent toujours une matinée froide et ensoleillée de décembre pour se séparer à jamais – limpidité des sentiments consumés, amertume clarifiée des passions assagies. J'étais quelqu'un qui, en observant la monstrueuse décomposition des chairs de Nana, secouait la tête dans un refus violent : non, non, au-delà de ce magma charnel condamné à la désagrégation il y a autre chose ! Il y a ce chant qui surgit des neiges et qui se répand dans le ciel violine d'avril... Et dans la chambre de l'hôtel du Lion rouge, j'apercevais ce que beaucoup de lecteurs occidentaux n'avaient même pas remarqué : sur la cheminée on entrevoyait, dans un rapide trait d'écriture, deux grands coquillages. Il suffisait de les appliquer à son oreille – Emma, l'avait-elle fait ? me demandais-je souvent – et l'on entendait le bruissement de la mer. Comme nous nous sentions proches, à ces moments, de cette femme adultère, avec nos rêves fous du Pacifique !

Belmondo donnait à l'alliage que j'étais une structure, un mouvement, une silhouette personnifiée. Il rapprochait de toute sa force joyeuse le présent et le rêve. J'avais l'âge où ce rapprochement paraissait encore possible...

C'était donc au début de l'été. Un soir empli d'un vent bleu des steppes. Sur une île au milieu de la rivière en crue – une étroite bande herbeuse avec une isba en ruine et les restes d'un verger, quelques pommiers dans l'écume blanche des fleurs.

Au loin, dans la brume dorée du couchant, s'élevait la taïga, pied dans la rivière, se reflétant dans les miroirs sombres de l'eau parvenue jusque dans ses recoins ombragés.

La petite île nageait dans la luminosité du soir. Le ruissellement sonore du courant se fondait avec la rumeur du vent dans les branches fleuries. Les vaguelettes fraîches, insistantes clapotaient en se brisant contre le bord de la vieille barque que j'avais attachée à la rampe du perron inondé de l'isba. Le jour s'éteignait lentement, la lumière devenait mauve, lilas, puis violette. L'obscurité semblait affiner l'harmonie vivante des sons. On entendait maintenant le léger frottement de la barque contre le bois du perron, la plainte sereine d'un oiseau, le murmure soyeux de l'herbe.

Nous étions étendus au pied des pommiers, l'un contre l'autre, les yeux errant au milieu des premières étoiles. Nus, elle et moi, le vent chaud enveloppait nos corps dans son souffle gorgé d'arômes de steppe. Et au-dessus de nos têtes, accroché aux grosses branches rabougries, un hamac se balançait doucement dans le vent. Oui, nous étions restés fidèles à Belmondo jusqu'aux menus détails de la mise en scène amoureuse. Nous avions grimpé dans cette nacelle instable. Nous avions essayé de nous mettre debout, en nous étreignant, en perdant déjà la tête… Mais, ou bien le désir était trop violent, ou bien le savoir-faire érotique de l'Occident nous échappait encore…

Nous nous retrouvâmes dans l'herbe parsemée de pétales blancs, remarquant à peine notre chute. Nous croyions continuer de tomber, voler toujours, nous aimer en vol…

Son corps souple glissait, s'enfuyait dans cette chute aérienne. Je ne parvenais pas à le retenir. Par mes secousses frénétiques, je le poussais sur l'herbe lisse vers la frontière éphémère de notre île, à la lisière des eaux. Je dus enrouler le flot de ses cheveux sur mon poignet. Comme les cosaques faisaient autrefois dans la yourte, sur les peaux d'ours. Mon désir s'était souvenu de ce geste…

Elle était nivkh, originaire de ces forêts de l'Extrême-Orient où nous avions, un jour, aperçu un tigre flambant dans la neige… Le visage entouré de longs cheveux noirs et lisses. Des yeux bridés, un sourire énigmatique de bouddha. Son corps, à la peau recouverte comme d'un vernis doré, avait les réflexes d'une liane. Quand elle sentit que je ne la lâcherais plus, ce corps m'enlaça, me moula, s'imprégna de moi par tous ses vaisseaux frémissants. Elle répandit en moi son odeur, son souffle, son sang… Et je ne pouvais plus distinguer où sa chair devenait l'herbe emplie du vent des steppes, où le goût de ses seins ronds et fermes se mélangeait avec celui des fleurs de pommiers, où finissait le ciel de ses yeux éblouis et commençait la profondeur sombre perlant d'étoiles.

Son sang coulait dans mes veines. Sa respiration gonflait mes poumons. Son corps sinuait en moi. En embrassant sa poitrine, je buvais l'écume des grappes neigeuses du verger. Je m'enfonçais dans l'espace nocturne que le vent avait parcouru en se parfumant de mille senteurs, en emportant le pollen des fleurs infinies. Elle criait en devinant le sommet approcher, ses ongles me lacéraient les épaules. Une liane folle, enivrée par la sève du tronc qu'elle enlaçait. Je l'inondais, je l'emplissais de moi. Je touchais en elle le fond vertigineux du ciel, la fraîcheur des flots noirs. Son cœur battait déjà quelque part au-delà de la taïga nocturne...

Le vent semait des pétales blancs sur nos corps étendus dans la bienheureuse fatigue de l'amour. Le feu de bois que nous avions allumé en arrivant s'élevait, de temps en temps, en un long panache rouge, puis s'apaisait, s'étalait par terre dans le rutilement silencieux de la braise. La barque attachée au perron de l'isba, frôlée parfois par une vague, émettait un chuchotement suivi de clapotis ensommeillés. Et le hamac, le hamac de nos rêves fous, se balançait au-dessus de nos têtes, dans le bouillonnement de l'écume des fleurs. Il ressemblait à un fabuleux filet qu'un pêcheur dément aurait lancé dans le ciel noir, pour qu'il lui rapporte quelques étoiles palpitantes…

Ce même été, en juillet, par une journée grise et calme, je marchais dans les rues de Nerloug, un sac de provisions à la main. Les jardins déversaient sur les haies l'abondance de leur feuillage. Dans les cours, on entendait le gloussement paresseux des poules. Les moineaux s'ébattaient dans la poussière tiède au bord des petites rues. Tout était si familier, si quotidien! Il n'y avait que moi qui portais à travers cette journée tranquille l'immensité frémissante de mon premier amour.

Dans le petit bâtiment de la gare routière, je fis la queue avec quelques femmes devant le guichet. Tout à ma fièvre secrète, je ne prêtai d'abord pas attention à leurs conversations. Soudain, le nom de la Rousse rompit mon oubli heureux.

– Mais qu'est-ce qu'il pouvait faire, lui? On l'a repêchée cinq bons kilomètres après le pont. Médecin ou pas, qu'est-ce que vous voulez qu'il fasse?

– Je ne sais pas… Peut-être la respiration artificielle. On dit que ça peut aider…

– De toute façon, elle était toute pourrie, cette fille, je vous dis. Si c'était pas ça, ça serait la syphilis ou autre chose…

– Bien fait pour elle ! Quand je pense au nombre de gens à qui elle a refilé ses saloperies…

La dernière réflexion parut trop rude aux femmes. Elles se turent, en baissant les yeux, en se détournant, mais, intérieurement, elles devaient approuver la réplique. C'est alors qu'une vieille aux lèvres pâles et fines qui n'avait encore rien dit se mit à parler avec de petits ricanements comme pour détendre l'atmosphère :

– Je l'ai vue, hi-hi-hi ! je l'ai souvent vue, à la gare, cette fille ! Elle était drôlement rusée, je peux vous dire, comme pas un. Tout le temps, elle faisait mine d'attendre un train. Elle allait, elle venait, regardait l'heure. Comme si qu'on aurait dit une voyageuse. Hi-hi-hi !…

– Une voyageuse, tu parles ! Une vraie salope ! coupa une femme en rajustant les bretelles de son sac à dos. Que Dieu me pardonne, mais vraiment, bien fait pour elle !

Je quittai ma place dans la file d'attente, je poussai la porte en emportant dans ma tête résonnante ce petit rire semblable à des éclats de verre concassé… J'allai à Kajdaï.

Je n'eus pas le courage d'approcher de son isba. Je vis la porte barrée par deux longues planches croisées, la fenêtre avec les vitres cassées. Les branches du bouleau cachaient dans leur feuillage la vie légère et volubile de quelques oiseaux invisibles. Un chant pur et fragile dans ce jardin silencieux…

Je m'en allai en empruntant le même chemin qu'en hiver. Mais à présent, la plaine qui descendait vers l'Oleï était toute couverte de fleurs.

La mort de la femme rousse – ou plutôt la conversation à propos de son suicide – rendit mon choix définitif : il fallait partir. Quitter le village, fuir Nerloug, ne plus voir ces lieux où le conte du vieux Chinois l'emporterait finalement sur l'élégance de l'aventure occidentale. Où dans un coin sombre d'une gare routière on entendrait le crissement du verre concassé. Et ce crissement, une fois Belmondo reparti, se répandrait partout. Ce serait le bruit des lourdes bottes des prisonniers emmenés, en rangs tassés, aux travaux, et le sifflement strident des scies s'enfonçant dans la chair tendre des cèdres, et le grincement des attelages entre les wagons du Transsibérien que personne n'attendrait plus à Kajdaï. Ce crissement redeviendrait la matière même de la vie rude des habitants. Enfin de ceux qui ne sauraient pas y échapper en fuyant au-delà du Baïkal, au-delà de l'Oural, derrière cette frontière invisible mais si matérielle de l'Europe.

Oui, j'étais décidé à fuir le plus vite possible. Je voulais m'arracher à la liane qui pénétrait chaque nuit davantage dans mon corps. Fuir mon amour. Cet amour muet. Ma belle Nivkh renversait sur moi le ciel étoilé qui flamboyait dans ses yeux bridés, elle m'entraînait dans une chute vertigineuse à travers le vent des steppes. Son amour fondait nos cris avec les bramements des cerfs aux orées éclairées de lune, nos corps avec la coulée fauve de la résine sur les troncs des cèdres, le battement de nos cœurs avec le palpitement des étoiles. Mais…

Mais cet amour était muet. Il se passait de mots. Il était impénétrable à la pensée. Et moi, j'avais déjà fait mon éducation européenne. J'avais déjà goûté à la terrible tentation occidentale du mot. « Ce qui n'est pas dit n'existe pas ! » me soufflait cette voix tentatrice. Et que pouvais-je dire du visage au sourire bouddhique de ma Nivkh ? Comment pouvais-je penser cette fusion de notre désir, de la respiration puissante de la taïga, des flots de l'Oleï sans la diviser en mots ? Sans tuer leur vivante harmonie ?

J'aspirais à une histoire d'amour. Dite avec toute la complexité des romans occidentaux. Je rêvais des aveux à bout de souffle, des lettres d'amour, des stratagèmes de la séduction, des affres de la jalousie, de l'intrigue. Je rêvais des « mots d'amour ». Je rêvais des mots…

Et ma Nivkh, un jour que nous marchions dans la taïga, se mit tout à coup à genoux et écarta avec pré-

caution l'entremêlement des feuilles et la couche touf-
fue de mousse. Je vis un gros bulbe brun d'où sortait,
posée sur une courte tige pâle, une fleur d'une finesse
et d'une beauté ineffables. Son corps oblong, d'un
mauve transparent, semblait frémir doucement dans
la pénombre des sous-bois. Et, comme toujours,
la Nivkh ne dit rien. Ses mains enfoncées dans la
mousse semblaient légèrement éclairées par le calice
de la fleur...

Ma décision fut prise. Et comme l'intensité de nos
rêves provoque logiquement des coïncidences qui
n'arrivent pas en temps ordinaire, je reçus bientôt un
encouragement évident...
De retour de Kajdaï, je tirai de mon sac de provisions un journal froissé. C'était un journal rare, introuvable même dans les kiosques de Nerloug. Un de ceux
que nous étions toujours si heureux de ramasser sur
le siège d'un car, ou dans la salle d'attente d'une gare.
Un *Leningrad du soir*, oublié sans doute par quelque
voyageur qu'un hasard farfelu avait amené dans nos
lieux de perdition.
Je lus ces quatre pages d'un trait, sans omettre ni
les programmes de la télévision leningradoise, ni les
prévisions de la météo. C'était bizarre d'apprendre
que, deux semaines auparavant, dans cette ville

fabuleusement lointaine, il avait plu et que le vent avait soufflé du nord-est. Ce fut là, à la quatrième page, entre les annonces d'offres d'emplois et celles de ventes d'animaux (chiot de caniches royaux, chats siamois…) que mon regard tomba sur ces quelques lignes entourées d'un cadre décoratif :

LE COLLÈGE DES TECHNICIENS DU CINÉMA
DE LENINGRAD
OUVRE L'INSCRIPTION DES ÉLÈVES
POUR LES SPÉCIALITÉS SUIVANTES :
ÉLECTRICIEN, MONTEUR, INGÉNIEUR DU SON, OPÉRATEUR…

Ma tante revint dans la pièce. D'un geste rapide, je cachai le journal, comme si elle pouvait deviner le grand projet qui m'illuminait. Ce n'était plus un simple désir d'évasion, mais un objectif précis. Leningrad, cette ville brumeuse à l'autre bout du monde, devenait un grand pas en direction de Belmondo. Un tremplin qui me projetterait, j'en étais sûr, à sa rencontre…

Vers la fin du mois d'août, par un soir très clair sentant déjà la fraîcheur automnale, ma tante m'appela dans la cuisine d'une voix qui me parut étrange. Elle était assise, très droite, à la table, habillée d'une robe qu'elle ne mettait que les jours de fête quand venaient ses amies. Ses grandes mains aux doigts fermes et

osseux froissaient machinalement le coin de la nappe.
Elle se taisait.

Se décidant enfin, elle parla en évitant de me regarder :

– Voilà, Mitia, il faut que je te dise… Verbine et moi, nous avons longtemps réfléchi et… Et nous allons nous marier la semaine prochaine. On est vieux, ça fera rire les gens, peut-être. Mais c'est comme ça…

Sa voix se coupa. Elle toussota en portant la main à ses lèvres et ajouta :

– Attends un peu, il doit venir. Il voulait faire ta connaissance…

« Mais on se connaît très bien ! » faillis-je m'écrier. Et je me tus en comprenant qu'il s'agissait d'un rituel plus que d'une simple présentation…

Le passeur de bac apparut presque aussitôt. Il devait attendre dans la cour. Il avait mis une chemise claire, au col très large pour son cou ridé. En entrant d'un pas gauche, il eut un sourire gêné et me tendit son unique main de manchot. Je la serrai avec beaucoup de chaleur. Je voulais tellement leur dire quelque chose d'encourageant, d'agréable, mais les mots ne venaient pas. Verbine, toujours de sa démarche gauche, alla vers ma tante, se mit à côté d'elle dans une sorte de garde-à-vous indécis.

– Voilà, dit-il en agitant légèrement son bras, comme pour dire : ce qui est fait est fait.

Et quand je les vis, comme ça, l'un près de l'autre, ces deux vies si différentes et si proches dans leur longue et sereine souffrance, quand je perçus sur leurs visages simples et inquiets le reflet de cette tendresse craintive qui les avait unis, je quittai la pièce en courant. Je sentais qu'une boule salée me serrait la gorge. Je descendis le perron de notre isba, retirai sa planche latérale envahie d'herbes folles et sortis une boîte en fer-blanc. Je revins dans la pièce, et, devant ma tante et Verbine interdits, je déversai le contenu de la boîte. L'or brilla. Du sable, de menues pépites et même des petits cailloux jaunes. Tout ce que j'avais accumulé depuis des années. Sans rien dire, je me retournai et me sauvai dehors.

Je marchai le long de l'Oleï puis, m'approchant du bac, je m'assis sur les grosses planches de son radeau…

Ce qui venait de se passer ne fit que me convaincre davantage : il fallait partir. Ces gens qui m'étaient tellement chers, je le comprenais maintenant, avaient leur destin à eux. Le destin de cet énorme Empire qui les avait broyés, mutilés, meurtris. C'est juste à la fin de leur vie qu'ils réussissaient à s'en remettre. Ils se rendaient compte que la guerre était bel et bien finie. Que leurs souvenirs n'intéressaient plus personne. Que les cristaux de neige qui se posaient sur les manches de leurs touloupes avaient toujours la même délicatesse étoilée. Que le vent du printemps apportait toujours le souffle parfumé des steppes… C'est à ce moment-là qu'au bout de l'avenue Lénine ils virent apparaître le rayonnement d'un sourire extraordinaire. Un sourire qui semblait réchauffer l'air glacé à cent mètres autour de lui. Ils sentirent cette bouffée de chaleur. Au printemps, ils redécouvrirent la beauté voilée du premier feuillage. Ils réapprenaient à entendre le bruissement de ces dais transparents, à remarquer les fleurs, à respirer. Leur destin, telle une énorme plaie, se refermait enfin…

Mais moi, je n'avais pas de place dans cette vie convalescente. Il fallait partir.

18

Le jour du départ, en septembre, était déjà un vrai jour d'automne. Le bac qui m'emmenait sur l'autre rive était vide. Verbine tirait sans hâte le câble avec sa palette. Je l'aidais. La surface de l'eau frissonnait de petites vaguelettes grises. Les planches du bac luisaient, mouillées par la bruine…

– Encore une semaine et je le mets au repos, dit Verbine en souriant quand le bac s'immobilisa près du petit débarcadère en bois.

J'attrapai ma mallette et descendis sur le sable. Verbine me suivit, alluma une cigarette, m'en proposa une aussi.

Nous parlions de choses et d'autres. Déjà comme deux proches parents. Il ne remarquait pas mon émotion. C'est que tout le monde croyait que j'allais à Nerloug, pour m'engager comme apprenti mécanicien dans une entreprise de camions. La version très crédible. Le destin typique pour un jeune gars de chez nous. Et moi, en ressentant un étrange vide sous le cœur, je regardais le village perdu derrière le voile de pluie. Je ne savais pas encore que c'était pour la dernière fois…

Tout à coup, une silhouette féminine apparut dans ce lointain brumeux. Une femme vêtue d'un long imperméable marchait sur le sable, au bord de l'eau.

Verbine soupira. Nous échangeâmes un regard.

– Elle l'attend toujours, dit-il tout bas comme s'il avait peur que la femme sur la rive opposée puisse l'entendre. Je l'ai vu, son mari, cet hiver. À Nerloug… Tout le monde sait qu'il est vivant. Elle, elle espère toujours que je vais le lui ramener un jour sur mon bac…

Le passeur se tut, les yeux fixés sur la silhouette fragile effacée par la pluie. Puis, me jetant un regard plein de quelque crânerie désespérée, il parla plus haut, d'une voix presque joyeuse :

– Mais, tu sais, Dimitri, je me dis parfois qu'elle est peut-être plus heureuse que bien d'autres... Je l'ai vu, son homme : gros, important, on dirait un pétrolier japonais, il ne peut pas ouvrir les yeux tant il est bouffi de graisse... Mais elle, elle en attend un autre, son jeune soldat maigre, au crâne rasé, en vareuse délavée. Nous étions tous comme ça, au printemps quarante-cinq... Ta tante dit vrai : c'est pour ça que Véra ne vieillit pas. Ses cheveux sont tout gris, tu as vu, mais elle a toujours son visage de jeune fille. Et elle l'attend toujours, son soldat...

Les quelques rares passagers commencèrent à se rassembler autour du bac. Je serrai la main de Verbine et je m'en allai par la route gorgée de pluie... Au tournant, quand il me fallut quitter la vallée de l'Oleï et m'engager dans la taïga, je jetai un regard derrière moi. Le bac, petit carré dans l'étendue grise des flots, se trouvait déjà au milieu de la rivière.

J'arrivai à Leningrad après seize longues journées de voyage. Toujours en troisième classe. Souvent sans billet. Dormant sur les porte-bagages, rusant avec les contrôleurs, mangeant le pain gratuit aux buffets des gares. J'avais traversé l'Empire d'un bout à l'autre – douze mille kilomètres. J'avais franchi ses fleuves géants : la Léna, l'Enisseï, l'Ob, la Kama, la Volga...

J'avais percé l'Oural. J'avais vu Novossibirsk qui m'était apparue comme Nerloug, tout simplement bien plus grande. J'avais découvert Moscou, écrasante, cyclopéenne, infinie. Mais en somme, une ville orientale, donc très proche de ma nature asiatique profonde.

Enfin, ce fut Leningrad, l'unique ville véritablement occidentale de l'Empire... Je sortais sur la grande place de la gare, en écarquillant mes yeux lourds de sommeil. Les immeubles avaient une tout autre allure ici : serrés les uns contre les autres, sveltes et orgueilleux, surchargés de corniches, de moulures, de pilastres, ils formaient de longues enfilades. Cette rectitude européenne, mais surtout l'odeur – un peu acide, fraîche, excitante – me fascinèrent. Je marchais d'un pas somnambulique en traversant la place et soudain je poussai un « ah ! » qui fit retourner les passants...

La perspective Nevski dans tout son éclat matinal, voilée d'une légère brume bleutée se déployait devant mon regard émerveillé. Et, tout au fond de cette percée lumineuse bordée de somptueuses façades, scintillait la flèche dorée de l'Amirauté. Je restai quelques instants en extase devant l'éclat de cette épée d'or se dressant vers le ciel qui, lentement, s'imprégnait d'un pâle soleil nordique. L'Occident s'esquissait à travers le brouillard planant sur la Néva.

Dans un éclair éblouissant mon regard perçut tout : et le charme nostalgique de l'enfance d'Olga qui marchait, autrefois, dans les rues élégantes de cette ville pour prendre avec ses parents le train Saint-Pétersbourg-Paris, et la noble âme de cette ancienne capitale qui ne s'habituerait jamais au sobriquet que ses nouveaux maîtres lui avaient attribué, et l'ombre de Raskolnikoff qui errait quelque part dans l'épaisseur des rues brumeuses.

Mais surtout, je compris que mon étonnement n'aurait pas été excessif, si, au milieu de cette perspective teintée de lumière automnale, j'avais rencontré Belmondo. Le vrai. L'unique. Sa présence devenait matériellement concevable... Je rajustai mon sac à dos et, d'un pas décidé, je me dirigeai vers un arrêt de tramway. Je ne savais pas si c'était la meilleure solution pour aller à mon école. Mais la voix de leurs clochettes était trop belle dans l'air matinal...

Durant mes trois années d'études, j'eus peu de nouvelles de Svetlaïa. Quelques lettres de ma tante, d'abord inquiètes et réprobatrices, puis plus calmes, remplies de détails quotidiens que je reconnaissais de moins en moins. Par oubli, ou tout simplement pour dire quelque chose, elle parlait dans chaque lettre de l'Oleï et du bac : je voyais Verbine réparer les planches,

changer le câble… « Le conte du vieux Chinois continue », me disais-je en marchant à travers la ville de nos
rêves occidentaux…

Il y eut aussi une carte de Samouraï. Mais elle
ne venait pas du village. D'ailleurs, c'était plutôt une
photo d'amateur avec, au dos, quelques phrases écrites
d'un ton un peu distant. Visiblement, il ne pouvait pas
me pardonner ma fuite qu'il considérait avec Outkine
comme une trahison à notre amitié… Samouraï
annonçait la mort d'Olga, disait que jusqu'au dernier
moment elle avait continué ses lectures du soir en
regrettant que « Don Juan » n'y participe plus… J'étais
peu surpris de voir sur la photo Samouraï en uniforme
de l'infanterie marine, sur le pont d'un bateau. Pas
plus que ces taches blanches des immeubles et les
ombres des palmiers. L'inscription à l'encre bleue indiquait : Havane, le port. Je devinais que le pont de ce
navire était une étape décisive dans son projet de jeunesse, dans son rêve fou dont il m'avait parlé un jour
à Svetlaïa : rejoindre les guérilleros de l'Amérique centrale pour raviver les cendres de l'aventure du Che…

Quant à Outkine, il ne m'a jamais écrit de Svetlaïa.
Mais, deux ans après ma fugue, j'ai vu au fond du
couloir sombre de notre foyer d'étudiants une silhouette que j'ai reconnue tout de suite. En boitant,
il est allé à ma rencontre, m'a tendu la main… Nous
avons parlé toute la nuit, dans le couloir pour ne pas

gêner les trois autres habitants de ma chambre. Installé sur l'appui de la fenêtre devant la vitre givrée, nous parlions en buvant un thé froid…

J'ai appris qu'Outkine, lui aussi, avait fui Svetlaïa. Il avait même réussi à aller plus loin que moi, à l'ouest, à Kiev. Il étudiait à la faculté de journalisme, espérait un jour se mettre à écrire « de la vraie littérature », comme il précisa d'une voix grave, en baissant le regard.

Et c'est au cours de cette nuit que j'appris dans quelles circonstances Belmondo avait définitivement quitté L'Octobre rouge en disparaissant à jamais peut-être de l'angle de l'avenue Lénine.

C'était l'hiver qui suivit mon évasion. Samouraï et Outkine glissaient sur leurs raquettes à travers la taïga plongée dans la pénombre des premières heures matinales. Ils allaient à Nerloug, à la séance de dix-huit heures trente. Sans moi. Encore un film qu'ils voulaient revoir ? Ou peut-être démontrer − à qui ? − que ma trahison n'affectait pas leurs relations avec Belmondo ?

Le froid était rude même pour l'hiver de notre pays. De temps en temps, on entendait un long écho semblable à celui d'un coup de fusil. Mais c'étaient les troncs qui éclataient, minés par la sève et la résine glacées. Au village, par un temps pareil, les femmes, en enlevant le linge des cordes, le cassaient comme du verre. Les camionneurs pestaient autour des réservoirs remplis de poudre blanche : l'essence gelée. Les enfants s'amusaient à cracher sur la route dure comme le roc pour entendre le tintement de leurs crachats devenus glaçons…

C'est dans les premiers rayons du soleil qu'ils l'aperçurent sur la fourche formée par deux grosses branches d'un pin. Samouraï le vit le premier, eut un moment d'hésitation : le montrer à Outkine ? Il savait que son ami allait en être bouleversé. Toujours très protecteur envers Outkine, Samouraï l'était devenu encore plus après mon départ. Oui, il voulut d'abord passer outre, comme si de rien n'était. Mais dans le calme absolu de la taïga, Outkine dut sentir cette hésitation, ce souffle retenu de Samouraï. Il s'arrêta à son tour, leva les yeux, poussa un cri…

Sur la fourche, s'accrochant au tronc rugueux, l'étreignant des deux bras, un homme était assis, le visage blanc, recouvert de givre, les yeux grands ouverts. Il y avait dans sa pose l'effrayante fixité de la mort. Ses jambes ne pendaient pas, mais se figeaient dans le vide à deux mètres du sol. Il semblait les regarder en leur adressant un horrible rictus. La neige autour de l'arbre était labourée de traces de loups…

Samouraï scrutait ce visage glacé et se taisait. Outkine, éprouvé par cette rencontre dans la taïga endormie, voulut dissimuler son désarroi. Il parla vite, abondamment, jouant le dur :

– Ça doit être un prisonnier politique évadé. Non, je suis sûr que c'est un opposant. Il a peut-être écrit des romans antisoviétiques, on l'a jeté au Goulag, et puis quelqu'un l'a aidé à s'évader. Peut-être même il a des manuscrits cachés sur lui… Il a voulu, peut-être…

– Tais-toi, canard ! aboya soudain Samouraï.

Et, avec une rudesse haineuse, comme jamais il n'avait parlé à Outkine, il poursuivit :

– Prisonnier politique ! Goulag ! Tu parles ! Le camp qu'on voit de Svetlaïa, c'est un camp normal, canard. Tu comprends : *nor-mal !* Et il y a là des hommes normaux, là-bas. Des mecs normaux qui ont juste volé quelque chose ou cassé la gueule à quelqu'un. Et ces mecs normaux jouent aux cartes après le boulot, normalement, écrivent des lettres ou roupillent. Et puis ces hommes normaux choisissent leur victime, d'habitude un jeune mec qui a perdu aux cartes. T'as perdu, tu dois payer. C'est normal, non ? Et ces hommes normaux le baisent dans la bouche et dans le cul, à tour de rôle, toute la baraque, à la chaîne ! Tant qu'au lieu d'une bouche, ce n'est plus que de la bouillie, et entre les jambes de la viande hachée… Et après ça, le pauvre type devient intouchable, il doit dormir près du seau des chiottes, il ne peut pas boire au robinet qu'utilisent les autres. Mais chacun peut le baiser à volonté. Et pour échapper à ça, une seule voie : se jeter sur les barbelés. Alors le soldat lui envoie un paquet de balles dans la tête. Direct au ciel… Celui-ci a dû fuir pendant les travaux…

Outkine émit un son étrange, entre un gémissement et une protestation.

— Tais-toi, je te dis ! le rabroua de nouveau Samouraï. Tais-toi avec ton romantisme à la con ! C'est ça la vie normale, tu l'as compris, oui ou non ? Des mecs qui sortent après dix ans de cette vie et qui vivent parmi nous… Et nous sommes tous comme ça, à peu près. Cette vie normale, c'est la nôtre. Aucune bête ne vivrait ainsi…

— Mais Olga, mais Bel… Bel…, souffla tout à coup Outkine d'une voix torturée sans pouvoir continuer.

Samouraï ne dit rien. Il regarda autour de lui pour bien situer l'endroit. Puis il reprit la pique et fit signe à Outkine de le suivre… Ils n'allèrent pas à Nerloug ce jour-là. Ils manquèrent leur rendez-vous de dix-huit heures trente.

Plus tard, assis dans les locaux enfumés de la milice à Kajdaï, ils passèrent un long moment à attendre qu'un employé se libère pour pouvoir les accompagner sur les lieux. Samouraï se taisait en hochant parfois la tête. Ses yeux fixaient les reflets de jours invisibles.

Outkine, de biais, observait ces ombres fuyantes. Et il sentait que Samouraï allait bientôt s'éclaircir la voix et, d'un ton confus, lui demander pardon…

Assis sur l'appui de la fenêtre, Outkine me racontait la fin de l'époque Belmondo dans le pays de notre enfance… Sa voix avait une résonance si étrange dans le couloir vide de notre foyer! À travers son visage – celui d'un jeune homme, avec sa première moustache –, transparaissaient les traits de l'enfant blessé d'autrefois. Cet enfant qui attendait avec tant d'émotion le début de la vie d'adulte, en espérant connaître l'amour – comme les autres – malgré tout. Et moi, vivant déjà tranquillement ma routine amoureuse de jeune mâle insouciant, je perçus soudain l'infini désespoir que mon ami portait en lui. Son visage était limé, aurait-on dit, par l'indifférence des regards féminins. Par leur cécité, si naturelle, si impitoyable…

Outkine remarqua l'intensité de mon regard. Une ombre de sourire désabusé affleura ses lèvres. Il détourna la tête vers la vitre derrière laquelle pâlissait la nuit frileuse de Leningrad.

– Et quand on est revenus sur les lieux avec les types de la milice, continua-t-il, quand on a revu l'évadé accroché à sa branche, je n'avais plus peur. Pas de tristesse, pas de douleur non plus. J'ai honte de le

dire, mais j'éprouvais… une sorte d'étrange joie.
Oui… Je me disais – dans cette langue très profonde,
tu sais, qui s'articule en nous sans mots – je me disais
que si le monde est aussi atroce, il ne peut être ni vrai,
ni surtout unique. Oui, je me disais qu'on ne peut pas
le prendre au sérieux…

Observant les miliciens qui, aidés par Samouraï,
essayaient d'arracher le mort à l'arbre, Outkine vivait
une mystérieuse révélation. Ce jeune prisonnier dont
les hommes, soufflant dans l'effort, tordaient les doigts
glacés, marquait une limite. Tout comme le corps
mutilé d'Outkine ? La limite de la cruauté, de la douleur. Une frontière…

Le cadavre céda enfin. Les trois miliciens et Samouraï le portèrent vers la voiture tout-terrain garée à la
lisière de la taïga. La chapka du prisonnier glissa de sa
tête. C'est Outkine qui la ramassa. Il suivait les autres,
en pointant à chaque pas son épaule droite vers le ciel,
comme s'il voulait jeter un coup d'œil par-delà la
frontière…

Nous passâmes toute une journée à traîner dans
les rues humides de Leningrad. Nous entrions dans les
musées, traversions la Néva. J'étais fier de montrer à
Outkine l'unique ville occidentale de l'Empire. Mais
ni lui, ni moi, n'avions vraiment la tête à faire une

excursion. Même à l'Ermitage nous parlions d'autre chose. La nuit, Outkine m'avait transmis une trentaine de pages tapées à la machine – le fragment de son futur roman. «Dans la tradition de *L'Archipel du Goulag*» avait-il précisé... Je les portais maintenant sous ma veste, je me sentais un vrai dissident.

Oui, même au milieu du palais impérial, nous parlions, tout bas, des horreurs du régime. Nous critiquions tout. Nous le rejetions en bloc. Le Belmondo de notre adolescence et son Occident mythique se transformaient en un idéal de liberté, en un programme de combat. Nous voyions toujours le soleil embrouillé dans les barbelés, empalé sur les miradors. Il fallait le mettre en branle, ce gigantesque balancier! Il fallait libérer le temps, notre temps, ce malheureux otage de la dictature!

Notre chuchotement coléreux risquait à tout moment de fuser dans un cri. Grâce à Outkine ce fut chose faite.

– Moi, je n'ai rien à perdre, je me battrai même au camp!...

Je me mis à tousser pour étouffer l'écho de ses paroles sous les fastueux plafonds. La gardienne nous jeta un regard méfiant. Nous émergions de nos projets régicides. Devant nous, sous un baldaquin rouge, se dressait le trône impérial des Romanoff...

QUATRIÈME PARTIE

19

Il neige, ce soir, sur New York. Ou peut-être seulement sur Brighton Beach, cet archipel russe où le tournoiement blanc ravive tant de souvenirs et remplit de mélancolie les yeux de tous ces enfants de l'Empire défunt qui échouent ici en arrivant sur la terre promise.

Nous restons un long moment silencieux en marchant sur le quai, le long de l'océan. L'odeur du vent – tantôt une bouffée salée des vagues, tantôt la fraîcheur piquante des flocons – remplace facilement les paroles. L'âpreté froide de l'air nocturne évoque toute une enfilade de jours anciens qui nous parlent avec des accents profonds et graves.

– Je suis désolé, mais vraiment je ne pouvais pas venir avant ! dis-je enfin pour essayer de me justifier.

– Mais non, je te comprends très bien! se hâte de me rassurer Outkine. Lorsque je l'ai vu, il respirait déjà difficilement et ne pouvait plus parler. Et pourtant, quand j'ai regardé dans ses yeux, j'ai eu le sentiment qu'il me reconnaissait... Non, non, je crois que même ici on n'aurait rien pu faire. Son corps avait été farci d'acier... Oui, je crois que Samouraï m'a reconnu.

Il me montre une photo, un cliché aux couleurs vives, touristiques. Devant le tertre oblong de la tombe, Outkine, figé dans un garde-à-vous involontaire, cet Outkine de « vingt ans après », avec une barbiche à la Trostki et des yeux éperdus derrière ses lunettes. À côté de lui, une femme accroupie, vue de dos, et qui tasse la terre autour d'une plante aux grandes fleurs violines. Ses gestes très concrets la rendent étonnamment lointaine, étrangère à la gravité torturée du regard d'Outkine...

Tout se résumerait-il donc à ce monticule de terre fraîche, perdue quelque part sous le ciel de l'Amérique centrale... ?

La salle du restaurant russe, toujours à moitié vide, est ce soir bien garnie. Pâque orthodoxe. On voit les chevelures grisonnantes et les fronts nobles de la première émigration, quelques visages maigres et mines aigries de la dernière vague, beaucoup d'Occidentaux venus goûter du charme slave aux chandelles. Les musiciens et la chanteuse ne sont pas là pour l'instant – l'entracte obligé séparant deux plats. Le répertoire suit le degré d'enivrement et, après la pause, viennent les chansons plus en rapport avec la quantité de vodka engloutie. Les conversations s'échauffent de plus en plus, leurs répliques s'entrecroisent en recouvrant lentement toutes les tables d'une rumeur confuse. Et le patron, le fameux Sacha, en chef d'orchestre expérimenté, dirige cette cacophonie en s'approchant tantôt des uns, tantôt des autres.

– Oh oui, monsieur le prince ! Un tel *chachlyk* à New York ne se fait plus que chez nous !… Après la mort du cuisinier du comte Chérémétiev… Oui, cher ami, ce vin vous fera oublier votre Moscou tombée aux mains des néobolcheviques… Bien sûr, madame, c'est une tradition purement russe qui le veut. D'ailleurs, vous verrez, avec ce punch un brin acide cela se marie à merveille…

Il nous installe à l'une des dernières tables libres. Je m'assois en tournant le dos à la salle. Outkine, en tendant sa jambe dans l'étroit passage entre les tables, se laisse tomber en face de moi. Le grand miroir derrière sa chaise me renvoie la profondeur bigarrée de la salle remplie des lueurs vivantes des chandelles. Sur les murs tendus de velours rouge, les « icônes »

– coupures de revues illustrées collées sur des rectangles de contreplaqué et recouvertes de vernis. Dans
un coin, sur une étagère, un samovar ventru.

Après le premier verre de vodka, Outkine fouille
dans son grand sac de cuir, en retire un album coloré
semblable aux livres pour enfants.

– Puisque ce soir nous en sommes aux aveux et aux
désillusions…

J'ouvre l'album, en écartant mon verre. C'est une
bande dessinée pour adultes. Assez « hard », à ce qu'il
paraît.

– C'est ça, mes romans, Juan ! Oui, tous les sujets
sont à moi. Les situations, les dialogues, les légendes,
tout… Impressionnant, hein ?

Je feuillette les pages vivement colorées. À quelque
différence près, les histoires se ressemblent : les personnages sont habillés au début, dévêtus à la fin. Leur
nudité a pour toile de fond tantôt l'exubérance de la
nature tropicale, tantôt l'intérieur luxueux d'une villa,
parfois même l'apesanteur d'un vaisseau cosmique…
De l'éventail des pages jaillit tout un feu d'artifice de
croupes galbées que saisissent des mains d'hommes
velues, de fesses roses ou hâlées, de sexes brandis, de
lèvres avides, de cuisses phosphorescentes. Soudain,
je comprends tout !

– Mais c'est donc pour écrire ça que tu utilisais mes
histoires d'amour ?

Outkine a l'air penaud. Il nous verse de la vodka.

– Oui, qu'est-ce que tu veux ? Toi, tu en as vécu tellement. Et il me fallait parfois en inventer une par jour !

Machinalement, je fais tourner les toutes dernières pages de son album. Je tombe sur une série d'images qui me paraissent étrangement familières.

Outkine devine quelle scène je viens de découvrir. Il rougit, tend brusquement la main, m'arrache l'album en renversant mon verre. Mais j'ai le temps d'apercevoir la dernière séquence : la femme est étalée sur le couvercle du piano à queue, et l'homme, scindant son corps en deux, pousse des rugissements dans des bulles pareilles aux nuages blancs d'une locomotive de dessin animé…

Nous épongeons la vodka. Outkine balbutie des excuses. Le serveur nous apporte du bortch, en mettant près des assiettes un pot de sarrasin brûlant.

– Tu vois, je suis tombé bien bas, dit mon ami d'enfance avec un sourire gêné.

– Ce n'est pas grave. De toute façon, comme tu l'as sans doute deviné, ma princesse est une pure invention. Je t'ai menti, Outkine. Toute cette histoire, ce n'était pas la Côte d'Azur, mais la Crimée, il y a cent ans ou mille ans, je ne sais plus. Et elle, elle n'avait pas de robe du soir comme sur tes images, mais juste un sarafane en satin déteint au soleil… Son corps sentait les rochers inondés de lumière chaude. Quant aux chandeliers du piano, on n'avait pas rallumé leurs bougies depuis la Révolution, peut-être...

Nous nous taisons en brassant la crème fraîche dans notre bortch.

— C'est bête. Je n'aurais pas dû te montrer mon chef-d'œuvre, dit-il enfin.

— Non, au contraire... Et puis, les dessins sont vraiment très beaux !

Outkine baisse les yeux. Je vois que mon compliment l'a touché.

— Merci... C'est ma femme qui a dessiné ça...

— Tu es marié ?! Pourquoi tu ne m'as rien dit ?

— Si, si, je t'ai déjà parlé d'elle un jour... Mais on vient de se marier, il y a un mois et demi. C'est une Indienne... Et elle est un peu comme moi... C'est-à-dire... euh... elle est... elle est un peu bossue. Elle est tombée de cheval quand elle était petite... Mais c'est une très belle fille.

Je hoche la tête avec conviction en me hâtant de dire quelque chose :

— Tu as donc retrouvé tes racines eurasiennes ?

— Oui... Tu vois, avec ces bandes dessinées, je crois qu'on fait moins de dégâts que les vendeurs de tout ce kitsch qui passe pour de la littérature, en Amérique... Et en plus, si tu as remarqué, dans mes séries les corps sont toujours beaux. C'est ma femme qui les veut comme ça...

Outkine rouvre l'album au-dessus de son assiette et se met à me montrer les dessins.

— Mais l'essentiel, tu vois, c'est que dans chaque séquence il y a un bout d'horizon, une ouverture, un pan de ciel...

Je ne peux pas m'empêcher de rire.

— Tu crois vraiment que ton lecteur a le temps d'apercevoir ce bout de ciel ?

Outkine se tait. Le serveur emporte nos assiettes, met devant nous le *chachlyk*. Nous avalons notre vodka. Plongé dans sa réflexion, mon ami hausse les sourcils, le regard perdu au fond de son verre. Soudain, il annonce :

— Tu sais, Juan, les Américains me rappellent souvent des singes s'amusant avec un jouet mécanique. Ils appuient sur un bouton, le ressort fonctionne, le bonhomme en plastique se met à faire des culbutes. Le résultat est atteint... Et dans leur culture, c'est pareil. Ils fabriquent un nouveau génie, le gonflent par la télé, tout le monde se fiche de ses livres, pourvu que la machine marche. Le bouton, le ressort, le bonhomme en plastique gigote. Tout le monde est content. C'est très rassurant de pouvoir fabriquer des génies. À l'aide du mot... Ils jonglent avec les idées vieilles comme le monde, les combinent indéfiniment en leur sacrifiant la vie. Des mots, des mots, des mots…

Outkine brandit la bouteille vide en faisant signe au serveur.

– Oui, la vie n'est plus là, mais la machine marche! ajoute-t-il en levant sur moi ses yeux de prophète éméché. Et avec une belle division du travail, remarque! La plèbe se nourrit avec des produits semblables à mes bandes dessinées, et l'élite avec des puzzles verbaux illisibles. Et tu as vu avec quel sérieux ils décernent leurs prix littéraires! On dirait un Brejnev qui accroche une nouvelle étoile d'or à quelque membre du Politburo décati. Tout le monde sait à qui ira le prix et pourquoi, mais ils continuent à jouer au Politburo! C'est le lierre mortuaire qui se referme sur l'Occident. Le lierre des mots qui a tué la vie.

À cet instant, dans le miroir derrière la nuque d'Outkine, je vois apparaître les musiciens. Le violon pousse un léger gémissement d'essai, la guitare émet un long soupir guttural, le bandonéon gonfle ses poumons en un chuchotement mélodieux. Enfin, toujours dans le reflet fumeux du miroir, je la vois, *elle*…

Elle ressemble à une longue plume d'oiseau, dans sa robe noire. Son visage est pâle, sans une touche de fard folklorique :

« Oui, en effet, la machine marche bien, me dis-je en pensée. Sacha sait à quel moment il faut servir du charme slave… Les visages sont ramollis par l'abondance de nourriture, les yeux embués, les cœurs fondants… »

Cependant, le chant qui s'élève ne semble pas faire le jeu de Sacha. C'est d'abord une note très faible qui tempère tout de suite l'élan des musiciens. Un son qui semble venir de très loin et ne parvient pas à dominer les bruits aux tables des dîneurs. Et si cette voix affaiblie s'impose quelques instants après, c'est parce que tout le monde, malgré l'ivresse et l'engourdissement, sent se déployer ce lointain neigeux derrière les murs tendus de velours rouge avec leurs icônes en papier. La voix monte légèrement, les dîneurs ne regardent plus que ce visage pâle aux yeux perdus dans le voile des jours évoqués par la chanson. Moi, dans la profondeur trompeuse du miroir, je la vois peut-être mieux que les autres. Son corps, longue plume noire, son visage sans fard, sans défense. Elle chante comme pour elle-même, pour cette nuit froide d'avril, pour quelqu'un d'invisible. Comme chanta une femme, un soir, devant le feu, dans une isba enneigée… Tout le monde connaît les paroles par cœur. Mais on accède à cette lointaine soirée perdue dans une tempête de neige sans déchiffrer les mots, en fixant la flamme de la chandelle jusqu'à ce qu'elle commence à grandir en vous laissant entrer dans son halo transparent. Et la musique devient l'air frais de l'isba sentant la bourrasque, la chaleur lumineuse du feu, l'odeur du cèdre brûlé, le silence limpide de la solitude...

– Cette chanson, murmure Outkine, me rappelle bizarrement une histoire que Samouraï m'a racontée un jour. Il s'en voulait de m'avoir parlé des prisonniers violés au camp, de toutes ces saletés que d'ailleurs je savais déjà. J'étais pour lui un enfant, et puis tu connaissais Samouraï... Quand les miliciens ont emporté le prisonnier gelé et nous ont laissés seuls, Samouraï m'a montré son nez, tu te rappelles ce nez de boxeur qu'il avait ? Et il m'a raconté comment cela était arrivé !

Ce jour-là, il y a mille ans, Samouraï s'était endormi sur le toit d'une grange abandonnée, près de Kajdaï. La terre était encore toute blanche, mais le toit, sous le soleil printanier, se débarrassait des dernières flaques de neige fondue. Ce fut une voix féminine venant d'en bas qui le réveilla. Il jeta un coup d'œil du toit et vit trois hommes s'en prendre à une femme. Elle se débattait, mais mollement – chez nous, en effet, planter un couteau entre les côtes, c'était vite fait, elle le savait. De leurs exclamations, Samouraï comprit que ce n'était pas tout à fait un viol : les types ne voulaient tout simplement pas payer. Sinon elle n'aurait rien eu contre. Bref, elle se résigna… Samouraï, tendu comme un chien devant sa proie, les observa. Les hommes découvraient dans le corps seulement ce qui allait servir : ils mirent à nu le ventre, dénudèrent les seins, empoignèrent le menton, la bouche – ils en auraient besoin. Et tout cela à la hâte, en soufflant, avec de sales petits rires. Lui, sur le toit, à trois mètres d'eux, il voyait pour la première fois de sa vie comment on prépare un corps féminin à « ça ». La femme, brisée en deux, ferma les yeux. Pour ne pas voir… Ébahi, Samouraï réprima un « ah ! » : la femme avait laissé tomber son cœur dans la neige ! Non, c'était sans doute un simple mouchoir, ou quelque petit achat enveloppé dans un papier pâle… oui, un petit paquet rose qu'elle portait dans la poche intérieure de son grand manteau dont les autres avaient brutalement ouvert le col… Mais, un instant, Samouraï crut voir un cœur s'enfoncer dans la neige. Il se mit à crier et se laissa glisser du toit, le visage torturé par le mal qui s'instillait dans ses yeux. Il lança dans l'air ses brassabres, les abattit sur les têtes et les côtes de ses ennemis, il s'écroula sous les coups de leurs poings lourds comme des massues, puis il se releva, s'arracha aux mains qui tentaient de le capturer. Soudain, le sang inonda le ciel. Aveuglé, il coupait de ses sabres tantôt l'air, tantôt la chair humaine. Mais, dans le sang qui noyait ses yeux, fondait lentement le caillot visqueux du mal… Et quand il put enfin s'essuyer le visage avec la manche de sa veste, il vit que les hommes montaient dans un camion garé près de la route. Et la femme, loin, très loin, marchait le long de l'Oleï…

J'écoute son récit et je crois reconnaître l'Outkine d'autrefois. Son visage s'éclaircit, ses gestes lourds d'homme corpulent rappellent de nouveau les élans d'un oiseau blessé qui tente de s'arracher à la terre. Et c'est de sa voix de jadis, grave et douloureuse, qu'il me confie :

— Cette femme, c'était cette prostituée rousse qui, tu te souviens, attendait chaque soir le Transsibérien… Celle à qui j'ai consacré mes premiers poèmes…

Outkine se verse un autre verre, le boit lentement. A-t-il seulement parlé ? Ou est-ce dans ma tête avinée qu'est né ce souvenir enfoui sous les neiges ? Et ce sang qui inonde les yeux de Samouraï, n'a-t-il pas l'odeur chaude d'une forêt en Amérique centrale ? Samouraï est allongé au pied d'un arbre et le peu de vision qui lui reste sous le flot rouge lui renvoie l'image de deux hommes en kaki qui s'approchent de lui avec précaution. Pour l'achever. Oui, c'est lui que je vois : son corps farci de métal, son sourire narguant la douleur, fidèle au héros de notre jeunesse. À celui qui nous a appris que les balles ne faisaient pas mal et que la mort n'arrivait jamais tant qu'on la regardait en face.

Sortant de la chaleur lourde de la salle, nous nous arrêtons un moment sur le quai, devant l'étendue sombre de l'océan. On n'y voit aucune lueur. L'infini nocturne des eaux, la neige, le néant...

Nous échouons chez Guéorgui, dans ce minuscule restaurant géorgien qui vit au gré des longues conversations de clients égarés, des vues de la mer Noire sur les murs, des songes du vieux berger Kazbek qui nous accueille avec son regard mélancolique. Guéorgui nous salue et apporte ce dont nous avons besoin, il le sait. Du cognac, du café, du citron vert.

– À Tbilissi, un obus a détruit la maison de mon enfance, dit-il à mi-voix en posant la bouteille et les verres sur la table. Une maison qui avait deux cents ans. Le monde devient fou...

Nous restons silencieux. Nous nous revoyons, vingt ans auparavant, au milieu d'une plaine neigeuse sans limites... À l'horizon, le soleil bas d'hiver – ce balancier de l'histoire – se figeait, entouré de miradors... Nous avions passé plusieurs années de notre vie, Outkine, moi et tant d'autres, à nous agiter autour de ce disque embrouillé dans les barbelés, en écrivant nos livres subversifs, en contestant, en protestant. Nous poussions de notre épaule – de notre parole ! – son poids inerte. Peu à peu, le balancier de l'histoire s'était mis à répondre à notre effort. Il tanguait de plus en plus librement, son va-et-vient au-dessus de l'immense Empire devenait menaçant. Un jour, cet envol vertigineux nous avait entraînés dans son sillage, nous propulsant au-delà des frontières de l'Empire, sur les rivages de notre Occident mythique. Et c'est de cette terre que nous observions le balancier devenu fou – ou enfin libre ? – démolir l'Empire lui-même… « Et aujourd'hui, malgré toute ma sagesse occidentale me dis-je avec un sourire amer, je ne comprends ni cette larme glacée dans l'œil d'un loup tué, ni la vie silencieuse sous l'écorce du cèdre séculaire qui porte dans son tronc un grand clou rouillé, ni la solitude de cette femme rousse chantant pour quelqu'un d'invisible devant le feu, dans une isba ensevelie sous la neige… »

Outkine enlève ses lunettes et, du fond de son ivresse, il me parle lentement, en enveloppant mon visage de son regard flou :

– Au moment où j'ai vu son nom marqué en lettres latines sur la dalle de sa tombe – oui, son vrai nom et pas ce « Samouraï » auquel nous étions tellement habitué –, oui, à ce moment je me suis souvenu de tout. Je me suis souvenu de ce jour lointain, de cette promenade avec mon grand-père au bord de l'Oleï… Il y avait là un sentier dans la neige, tu te rappelles, un

étroit sillon qui longeait la crête de la rive… Je tortu-
rais souvent mon grand-père avec cette question
embarrassante : que fait-on pour écrire ? Ce jour-là
plus que d'habitude peut-être, car je venais de lire son
récit sur la guerre, et puis le silence de la taïga était
plus que jamais mystérieux. Il répondait par boutades
ou détournait la conversation en souriant. Enfin, n'en
pouvant plus, il a lâché un juron et m'a poussé à
l'épaule, pour jouer bien sûr. Je me trouvais sur la
crête, juste en haut de la pente glacée qui descendait
vers la rive. J'ai perdu l'équilibre, et me suis mis à
glisser à toute vitesse sur cette bande lisse. Le ciel tour-
noyait devant mes yeux, la muraille de la taïga se renversait sur moi, je ne comprenais plus où étaient le
haut et le bas, mon corps n'avait plus de poids tant ma
glissade était fulgurante et douce à la fois. Et surtout,
cette nouvelle sensation : quelqu'un m'avait poussé
comme son égal, sans se soucier de ma jambe boiteuse !
Je me suis retrouvé en bas, enfoui sous un amas de
neige, au milieu de quelques jeunes sapins. Les yeux
éblouis, la tête vaporeuse, j'ai regardé autour de moi.
À quelques pas de mon tertre, dans la lumière bleue
du soir d'hiver, je les ai vus… Nus. Un homme et une
femme. Ils se tenaient debout, l'un contre l'autre,
hanche contre hanche, les corps enlacés. Ils se tai-
saient, se regardant dans les yeux. Il régnait un silence
parfait. Le ciel violet au-dessus d'eux… L'odeur de

neige et de résine de pin… Ma présence muette… Et ces deux corps d'une beauté presque irréelle… Du haut de la crête, mon grand-père m'a appelé. Le mot a retenti brisant le silence. Les deux amoureux se sont détachés l'un de l'autre et se sont enfuis vers la petite isba des bains… C'était Samouraï et une jeune femme que je n'avais jamais vue et que je ne reverrai jamais. Comme si elle était née dans cet instant de beauté et de silence et évanouie avec lui…

Dehors, la neige colle à nos visages en éveillant des sensations depuis longtemps éteintes. Outkine relève le col de son paletot en se protégeant des rafales blanches. Ses paroles se confondent avec le bruissement du vent. Je me retourne – les traces de nos pas sur le quai désert ressemblent à celles des raquettes le long d'une voie ferrée au milieu de la taïga. Comme si Outkine m'amenait vers un train endormi sur des rails enneigés… Un wagon vide aux fenêtres recouvertes de givre se prépare silencieusement à notre visite nocturne. Installés dans un compartiment obscur, nous attendrons sans bouger. Il viendra. Il traversera le couloir de son pas de guerrier fatigué et apparaîtra dans l'embrasure de la porte.

Il viendra ! Empli des vents salés et du soleil de toutes les latitudes, du temps dompté et de l'espace conquis. Et il lancera d'une voix encore lointaine, mais souriante :

– Non, je n'ai pas fumé mon dernier cigare !

Et, à ce moment, le train s'ébranlera lentement et les étoiles de neige laisseront sur les fenêtres noires des rayures de plus en plus obliques. Et dans une longue conversation nocturne, nous apprendrons le nom indicible de celle qui était née un jour dans cet instant de beauté et de silence au temps du fleuve Amour.

Du même auteur

La Fille d'un héros de l'Union soviétique
Robert Laffont, 1990
et « Folio », n° 2884

Confession d'un porte-drapeau déchu
Belfond, 1992
et « Folio », n° 2883

Le Testament français
prix Goncourt et prix Médicis
Mercure de France, 1995
et « Folio », n° 2934

Le Crime d'Olga Arbélina
Mercure de France, 1998
et « Folio », n° 3366

Requiem pour l'Est
Mercure de France, 2000
et « Folio », n° 3587

La Musique d'une vie
prix RTL-Lire
Seuil, 2001
et « Points », n° P982

Saint-Pétersbourg
(photographies de Ferrante Ferranti)
Le Chêne, 2002

La Terre et le Ciel de Jacques Dorme
Mercure de France, 2003
Le Rocher, 2006
et « Folio », n° 4096

La Femme qui attendait
prix littéraire Prince-Pierre-de-Monaco 2005
Seuil, 2004
et « Points », n° P1282

Cette France qu'on oublie d'aimer
Flammarion, 2006
et « Points », n° P2337

L'Amour humain
Seuil, 2006
et « Points », n° P1779

Le Monde selon Gabriel
Mystère de Noël
Le Rocher, 2007

La Vie d'un homme inconnu
Seuil, 2009
et « Points », n° P2328

Le Livre des brèves amours éternelles
Seuil, 2011
et « Points », n° P2765

Une femme aimée
prix Casanova 2013
Seuil, 2013
et « Points », n° P3177

Le Pays du lieutenant Schreiber
prix littéraire de l'armée de terre-Erwan Bergot 2014
Grasset, 2014
et « Points », n° P4019

L'Archipel d'une autre vie
Seuil, 2016

Discours de réception d'Andreï Makine
à l'Académie française
et réponse de Dominique Fernandez,
suivis des allocutions prononcées
à l'occasion de la remise de l'épée par
Olivier Bétourné, Danièle Sallenave et Andreï Makine
Seuil, 2017

RÉALISATION : IGS-CP À L'ISLE-D'ESPAGNAC
IMPRESSION : CPI FRANCE
DÉPÔT LÉGAL : MAI 2017. N° 134687 (140773)
Imprimé en France